illustration by CHIHARU NARA

ディープフェイス～閉《と》じ込《こ》められた素顔《すがお》（下）～

秀 香穂里
KAORI SHU

イラスト
奈良千春
CHIHARU NARA

Lovers Label

CONTENTS

✦本作品の内容は全てフィクションです。
実在の人物、団体、事件などにはいっさい関係ありません。

「相変わらず敏感《びんかん》だな、おまえは。ちょっと触っただけで、もうこんなに硬《かた》くしてるのか」

「……そんなこと、ない……っ、ぁ……！」

長い指で胸を淫猥《いんわい》にまさぐられて、貴志誠一《きしせいいち》は反論を試みたが、尖《とが》りきった乳首の先をリズミカルに揉《も》み潰《つぶ》されるだけで甘い声が漏《も》れ出てしまう。

自分の声が、自分のものじゃない気がした。

身体中がたまらなく熱い。無理やり昂《たか》ぶらされた結果ではなく、おかしくなるような時間をかけて、いたるところを愛撫《あいぶ》されたせいだろうか。

組み敷かれていても背中がふわりと浮き上がるような甘美な快感《かいかん》に酔《よ》いしれ、――そうか、夢を見ているんだと思った。

そもそも、セックスの相手は男だ。同性愛者ではないことは自分が一番よく知っている。

女性相手に淫《みだ》らな気分になる夢なら学生の頃に見たが、仕事で忙《いそが》しくなってしまった最近ではそれもあまりなくなってしまった。

――男に抱かれてよがるなんて、俺はそんなに欲求不満だったのか。

夢の中の自分に幾分《いくぶん》かの嫌悪《けんお》と恥《はじ》を覚えたが、目を覚ましたいとは思わなかった。

淫夢はまだ始まったばかりのような気がしたから、腰の奥がずきりと痺《しび》れるような快感にもっと耽《ふけ》っていたい。

——これが夢なら、男に抱かれて気持ちよくなるなんてバカげたことも許されるはずだ。

瞼《まぶた》をそっと開けると、胸を舐《な》めしゃぶっていた男とちょうど視線が合った。唾液《だえき》でぬるつく乳首は真っ赤に膨《ふく》れ、指先で軽くつつかれるだけで、全身をびりっと貫《つらぬ》くような快感がほとばしる。

「……リョウ……」

なにも考えずに口にした名前に、前髪をばさばさに乱した男が可笑《おか》しそうに笑う。

「なんだ？　もっと激しくしてほしいのか。前みたいに、ゴムでくびり出してやってもいいんだぜ」

髪の合間から見える鋭《するど》い目元にはどうにも抗《あらが》えない男らしい色香が浮かんでいる。

——この男の名前は、リョウだ。

眠りの深い場所でちらっと危険な火がよぎったが、リョウの声は落ち着いていて、恐怖感《きょうふかん》を駆《か》り立てるものではない。それどころか、貴志のたどたどしい反応を喜んでいる節《ふし》さえ見受けられる。

「……ゴムで……、しても、いい……」

「ふふっ、おまえ、自分でなに言ってんだかわかってねえな。ま、いい。アレをやり続けると、おまえのここ——形も色も、感触もやらしくなりすぎてたまんないよな。やってやるよ。ゴムの他にも、俺のしたいようにしていいか」

「いい……リョウの、好きなようにしてほしい……」

普段の自分だったら絶対に言わないような言葉も、夢の中ならたやすい。

自分たちがいるのは、がらんとした殺風景《さっぷうけい》な一室だった。ここがどこなのか、さっぱりわからない。

窓も扉も視界に入ってこない。貴志は裸《はだか》の状態でベッドに組み敷かれていた。かろうじて、ボクサーパンツだけはまだ穿《は》いている。

けれど、リョウの愛撫のせいで前がきつく突っ張り、先走りでじっとり濡《ぬ》れた布が張り付く感触がもどかしくて厭《いと》わしい。

鍛《きた》え抜いた細身の上半身をさらしたリョウが、スラックスのポケットから小さな黒の輪ゴムを取り出す。

それから、貴志の尖った乳首を思いきりつまみ上げて根元に伸縮性《しんしゅくせい》の高いゴムを巻き付けてギュッと締め上げた
「ん……っ！　あ、あぁっ！」

一気にそこに血が集まる感覚に、頭の中まで沸騰《ふっとう》する。身体の内側から鋭い針《はり》が胸の尖りに集中するようで、激しい快感に貴志は狂《くる》ったみたいに身悶《みもだ》えた。

「ほら、見ろよ。もうこんなに深い色だ」

「あ、――あ……や……」

リョウにうながされて自分のそこを見ると、さっきまではほんのり赤かっただけの乳首の根元に黒い輪ゴムがぎっちりと巻き付いて締め上げ、飛び出した先端は熟《う》れきった実のように膨らんでいた。

「舐めてほしいだろ。それとも、……嚙《かじ》られたいか？」

「ん――……う、っん……」

形のいいリョウのくちびるが尖った乳首に近付き、ふっと熱い吐息を吹きかけてくる。それだけで下肢《かし》が痛いほどに跳《は》ね、不用意に動くと、ボクサーパンツの穿《は》き口《ぐち》からはみ出してしまいそうだ。

「リョウ……っ、リョウ……」

胸をぎりぎりと締め上げられる深い官能《かんのう》に涙《なみだ》してしまいそうだ。

リョウが貴志の両手を押さえつけてきて、濡れた舌先を大きくのぞかせ、勃《た》ちきった乳首の先端を試すみたいにチロッと舐める。

凄《すさ》まじい快感が一瞬だけ与えられて、身体が大きくバウンドする。背中の下でぐしゃぐしゃによじれるシーツに、互いの汗《あせ》と艶《なま》めかしい交わりの匂《にお》いが染み込んでいく。

「あ……、もっと、リョウ……！」

両手をきつく押さえ込まれているせいでろくに身動きできないが、じっとしていることもできない。恥を忍んで胸をせり出すと、リョウが納得したように笑い、細く硬く尖らせた舌先でチロチロと肉芽を舐め回し始めた。

「ああ……ぅ……んん……ぁ……あぅ……」

いたずらっぽく先端だけをつついていた舌がだんだんと乳首全体、乳輪ごと舐《ねぶ》り回し、くちゅくちゅと前歯で扱《しご》かれるとたまらなく感じてしまう。右、左と交互に音を立ててしゃぶられることで、そこがまるで性器の一つになってしまったみたいだ。

くすぐったい感覚がなくなった代わりに、血が集まってきて、舐め囓られているという感覚が極まっていく。

リョウに触れられるまではなんとも思っていなかった場所が、今では下肢にも負けないほど硬く勃《ぼっ》起《き》し、男の指とくちびるによって急激に感度を高められていく。

きつい輪ゴムと苛《か》烈《れつ》な責め苦で豆のようにぷっくり肥《ひ》大《だい》した深《しん》紅《く》の突起は、リョウに弄《いじ》られれば弄られるほど敏感になり、まだ触られていないペニスまでひくひくとしなる。

そそり勃った両の乳首はあからさまな愛撫を悦《よろこ》んでいた。

恥じ入る貴志の意思とは裏腹に、もっと強い刺激が欲しい、とでも主張するように粒《つぶ》を大きくしてしまう。リョウのぬめった舌が這《は》うたびに、コリッと硬い芯《しん》が育ち始めていくのが自分でもわかって怖い。

「漏らしたみたいじゃねえかよ。下着がぐしょぐしょだ。こんなに大きな染みを作りやがって……そんなに乳首を弄られるのが気に入ったか?」

「う……んぁ……ち、が……っ」

「違うわけねえだろ」

濡れた下着をつまみ上げられて、恥ずかしかった。リョウが指を離すと、薄い生地はひたりとペニスに張り付き、欲望の形そのままを示してしまう。

性器に触られれば、ひとたまりもなく射精《しゃせい》してしまう。だが、それだけでは終わらないことを夢の中の自分は知っているような気がする。

乳首だけじゃなく、リョウの肉厚の舌と長い指が食い込む場所ならどこでも興奮《こうふん》してしまいそうだ。首筋《くびすじ》だろうと、鎖骨《さこつ》だろうと、ふくらはぎだろうと、リョウが触れてこない場所は一つもない。

その変化を、夢の中の貴志は喜んで受け入れていた。男が与えてくれる快感の強さにとまどいながらも、素直に反応した。

目を覚ましているときなら、あり得ない、頭がおかしいんじゃないのかとこめかみに青筋を立てて激怒《げきど》していただろうが、理性のストッパーが利《き》かない唯一《ゆいいつ》の部分——夢の世界では、なにが起きてもおかしくないのだ。

「乳首だけでイけそうだな。どうする?」

「ん、あ、……でも……、っ、まだ、今は、無理だ……これだけ、じゃ……」

「ふぅん。今はまだ無理か。じゃ、いずれそうなるってことだよな。なんでこんなにエロい身体してんだよ」

くくっと低い笑い声が湿《しめ》る肌に浸透していく。

「言うな……！　おまえのせい……だろ……」

リョウの乱れた髪が肌を嬲《なぶ》っていく。胸から臍《へそ》へ、腰をかすめる毛先にすら感じてしまうなんて本当におかしくなったんじゃないだろうか。

「うあ……っ、リョウ……！」

濡れたボクサーパンツの裾《すそ》をグッと引き上げられたせいで、硬く反《そ》り返《かえ》るペニスが収まりきらず、ぶるっと横から跳ね出した。

しこった陰嚢《いんのう》に下着が食い込む苦しさと、普通に脱《ぬ》がしてもらえない恥ずかしさが交錯《こうさく》するが、根元をしっかり握り込んだリョウに口の奥深くまで含《ふく》まれ、じゅるっと音を立ててきつく吸い上げられた瞬間、全身が震《ふる》えるほどの快感に襲《おそ》われ、たまらずに射精《しゃせい》した。

出しても出しても、熱い波が身体の奥から次々にあふれ出し、神経は昂ぶる一方だ。

単なる射精では終わらない濃密な官能に、貴志は夢中になっていた。

手足の指先がちりちりと痺れている。身体の外側から受ける刺激が、貴志自身も制御《せいぎょ》できない場所で蕩《とろ》けた蜜《みつ》のように溜まり続けていく。尖ったままの乳首を軽く舐められるだけで、続きをせがむような声を漏らしてしまう。

達したばかりなのに硬度を保つ性器に、もっとダイレクトに触ってほしかった。

——もっと激しくしてもいい。夢なんだから、現実では絶対にできないことをもっとたくさんしてほしい。

キスが欲しくて自分から顎《あご》を上げた。

「……もっと、リョウ……」

欲情にまみれた声は自分のものじゃない。ひた隠《かく》しにしている願望が夢となっているわけでもない。これは、なんの脈絡《みゃくらく》もない、ただの夢だ。

リョウが楽しげに笑い、汗に濡れた貴志の額《ひたい》を手の甲《こう》で拭《ぬぐ》ってくれる。その優しい仕草《しぐさ》にちょっと目を瞠《みは》った。

「そんなにエロい声で誘うんじゃねえよ、バカ。可愛《かわい》がりたくなるだろ」

「リョウは、やめたいのか。したくないのか」

「そういうんじゃねえ。ただ、おまえに……」

言葉を切ったリョウが、苦笑混じりのため息をつく。彼らしくない、ためらいだ。

「俺が、貴志にとっちゃ初めての男か?」

「そう、だ」

「だよな。身体を触ればそれぐらい一発でわかる。女との経験はあっても、男と寝たことがないんだろうってのは少し触ればわかることだ」

「……そういうリョウは、ずいぶんたくさんの男と寝てきたみたいだな」

「まあな」

仄《ほの》かな嫉妬《しっと》が混じる自分の声に驚いたが、――俺を弄《もてあそ》んでいるつもりなのかと考えるとやはり不愉快《ふゆかい》だ。彼が他人を抱き慣れていることは、迷いのない仕草でよくわかる。腕の中に抱くのが男だろうと女だろうと、焦《じ》らすのも求めさせるのも造作《ぞうさ》ないのだろう。

リョウの愛撫は独特だ。こっちが欲しいと思うタイミングを絶妙《ぜつみょう》にずらすことで情欲をさらに煽《あお》り、荒《あ》れた息を整えることに意識を傾《かたむ》けた瞬間に火を放つような快感を突き込んでくるから、忘れられなくなるのだ。

リョウの手で煮詰《につ》められた身体は、リョウの手でしか弾《はじ》けられない。この快感を一度でも知ったら、もう他では満足できない。

「俺に抱かれたいか、貴志。おまえの奥深くまで俺で満たしたいか？　ここに、俺が欲しいか」

ぬるりとした液体をまぶした指が尻を割り、窮屈《きゅうくつ》に締まる孔の周囲を淫猥にまさぐる。むずむずする感覚に、貴志は不安とも期待とも取れる呻《うめ》きを上げた。くの字に曲がった指が挿《はい》ってきて引っ掻《か》くようにねっとりと粘膜《ねんまく》を擦《こす》られると、そこが充血《じゅうけつ》したみたいに熱くなり、ああ、と胸の奥から吐息がこぼれた。

指を挿入《そうにゅう》されたことで、自分がなにを求めていたのか、やっとわかった。それを認めるのはどうしようもなく恥ずかしいことだが、――夢なんだから正直に言ってしまえ、と心の暗部がそそのかす。

「指、うまそうにしゃぶってるじゃないか」

「だ、って……あ、あ、そこ……！」

「いいのか？」

「ん、……いい……」

三本の指でぐしゅぐしゅと陰部《いんぶ》を責められる心地良《ここちよ》さに、上擦《うわず》る声で認めた。

性器を弄られて達するのは当たり前だ。異性の柔らかな身体に自分のそれを挿れて互いに昇《のぼ》り詰めるのが普通だとわかっていても、今の自分は、男のリョウの硬い雄で尻の最奥まで貫《つらぬ》かれ、過敏《かびん》に潤《うるお》う粘膜をたっぷり擦ってもらうことを心から望んでいる。

自分の身体の中に、あんなにも深く熱い泉があるなんて知らなかった。受け入れ、馴染《なじ》むまでの間は息ができないほど苦しいが、ある一点を突破すると、互いの肉と肉がぶつかって蕩《とろ》け合う、抑《おさ》えようのない快感が暴走するのだ。

「欲しい……リョウのが、欲しいんだ」

「本当に？」

「うん、本当、に……」

せっぱ詰まった要求に、リョウが苦笑いする。

「バカなことを言うよな、おまえはいつも。でも、……そうだな、おまえだけが本当の俺を知るのかもしれないな」

　自嘲《じちょう》めいた笑いが胸に痛い。リョウは、呆れるほど傲岸不遜《ごうがんふそん》で強引な男のはずだ。なのに今、薄い孤独《こどく》を滲《にじ》ませた声が彼らしくなくて、貴志は無意識にリョウの背中にしがみついた。もし、このまま手を離されてしまったらと思うと怖い。愛撫をやめないでほしい。抱いていてほしい。なにも考えられなくなるぐらいの快感を教えてほしいと願い、「リョウ」と呟《つぶや》いて逞《たくま》しい背中にすがった。胸が疼《うず》くほどの甘い夢を続けてほしかった。

「本当に、していいんだな」

　鋭い瞳に射竦《いすく》められ、貴志は頷《うなず》いた。今さら逃げるつもりはない。気持ちいいことをやめないでほしいという正直な気持ちの裏に、自分をいいように振り回すリョウに惹《ひ》かれていることが隠せない。好きなんだろうかと自分に問いかけた。夢の中の男に惚《ほ》れたなんてあり得ないと思うのだが、理性が通用しないのが夢の世界の掟《おきて》だ。

　両脚を持ち上げられ、怖いほどに大きく漲《みなぎ》った先端を孔に押し当てられる間、鼓動《こどう》は速まる一方だった。最初に受ける圧迫感や痛みをどうやり過ごそうか。苦痛の時間を乗り越えれば、あとはもうただひたすら底なしの快楽に耽ることができる——と考えて、どくんと胸が大きく跳ねた。

　——こんなにリアルな夢ってあるのか？　どうして俺はさっきから、彼と抱き合ったことが過去にあると思っているんだ？　そんなことはあるはずがない。だいたいこの男は……。

「リョウ……」

声に不安を感じ取ったのだろう。リョウが鋭い犬歯を見せるようににやっと笑い、貴志の足首をがっしり摑《つか》んで抗いを封じ、指よりもっと太く、長い灼熱《しゃくねつ》の楔《くさび》を打ち込んできた。

「……あ、っ、あぁっ……！」

衝撃《しょうげき》で目が覚めた。今まで、意識を柔らかに包んでいた膜《まく》のようなものが突然弾《はじ》け、視界はクリアになり、耳に入ってくる音もよりダイレクトだ。激しい自分の息遣いも、リョウの舌なめずりする音も本物だ。

これは夢じゃない。

「おまえ……リョウ……、うぁっ……！」

「まさか、夢だとでも思ってたのか？　ふざけるなよ、貴志。お楽しみはこれからだろ？」

「やめろ……！　っ……ぅ、……ん、ぅ……ぅ……」

自分の身体に起こっていることがまさかの現実だと知って、貴志は泣くのも忘れて必死に暴れたが、リョウはつねに一歩先を読んでいるらしい。貴志がもがけばもがくほど、筋の浮き立つ男根で強く抉《えぐ》り込んできて、どくどくとした生々しい脈を身体の内側に伝えてくる。それと一緒にくちびるを吸われ、きつく舌を絡め取られたことで悲鳴も上げられない。

普段、自分でも触れない場所に男を受け入れ、鼓動を感じるなんて悪い夢であってほしいの

に、まぎれもない現実だとたった今知ったばかりだ。

「ん――ン……ふぅッ……んぅ……」

最奥に大きく張り出した亀頭をぐりぐりと擦り付け、小刻《こきざ》みに揺らすリョウ自身のもので頭の中まで犯されそうだ。肉棒の形や熱、硬さをそっくりそのまま身体の中に刻まれそうな執着《しゅうちゃく》の強いセックスは、だがけっして暴力的《ぼうりょくてき》ではなかった。

貴志が受ける衝撃をリョウはわかっているらしく、激しい挿入を控《ひか》え、互いの熱が混ざり合うのを辛抱《しんぼう》強く待つかのような動きを繰り返している。

そのせいでと言うべきか、そのおかげでと言うべきかわからないが、貴志の身体はしだいに従順さを取り戻し、リョウがゆっくりと引き抜いていく仕草に、内側がトロトロといやらしく粘《ねば》ついて収縮してしまう。

欲情しきった男根に犯される心地良さに、意識全体が持っていかれそうだ。

「は……」

「落ち着いたか。悦《よ》くなってきただろ？」

「そんな……こ、と……」

「文句言わずに感じろ。おまえのイキ顔が見たいんだよ」

言うなりリョウが巧《たく》みに腰を使い出す。しだいに激しさを増す挿入に貴志は背をつらせて喘《あえ》ぐしかなかった。

圧倒的な力で揺さぶられ、嬌声《きょうせい》が室内に響《ひび》き渡った。突き込まれ、ねじり挿れられ、嫌だ、やめてくれと頼むたびに腰の角度を変えてもっと奥深くにはめ込まれる。

淫靡《いんび》な感触を覚えた肉洞はリョウの硬い雄の侵入を悦《よろこ》び、外に向けて放つ射精とはまったく違う、身体の奥へ奥へと快感を溜め込んでいく。

「っうぁ、い、や、だ、もぉ、ぁ、あぁ、おかしく、なる……っ」

「イケよ。射精しないイキ方ができるだろ？」

「え、――あ、……く……っ、リョウ、……や、や、い、く……！」

勃ちっぱなしの性器の根元をぐっと握られた瞬間、暴発寸前の快感が身体の中に無理やり戻され、貴志は泣きじゃくりながら痙攣《けいれん》し、達した。見た目には濃い精液が一筋あふれ出しただけだが、今までに一度も感じたことがない、ひたすら熱く、ひたすら深い場所に堕《お》ちていくような官能に息もできない。

「……ん……ん……ッ……」

全身がびくびくっと跳ねるような絶頂感をより確実なものにするためか、リョウが繋《つな》がったまま淫《みだ》らに舌を吸ってくる。両頬《りょうほほ》を摑まれて交わすキスに意識が朦朧《もうろう》とし、身体全体もじぃんと甘く痺れたままだ。

どこもかしこも柔らかに弛緩《しかん》した貴志に満足したのだろう。「あ……」と引き留める貴志の声も無視してリョウは自分のものを引き抜き、二度三度、軽く先端を扱《しご》いて白濁《はくだく》を放った。

声も体液も搾《しぼ》り尽くされたばかりで、男の精液で肌を濡らされる屈辱《くつじょく》に反論する気力は残っていなかった。

――これが、現実なのか。夢じゃないのか。俺は、あの暗い路地でリョウに襲われ、首を絞められて殺されかけた。意識が混沌《こんとん》としているさなかに、こんな出来事が起きたのか。

荒い息遣いが続く貴志から離れたリョウが部屋の外へと出て行く。どこからか、水音が聞こえてきた。シャワーを浴びているようだ。しばらくするとスウェットのハーフパンツだけ穿いたリョウが濡れた髪を拭いながら戻ってきて、「おまえもシャワーを浴びてこい」と言った。怠《だる》さが残る身体でなんとか起き上がり、貴志はリョウに渡されたタオルと下着、ハーフパンツを持って浴室へ向かった。

古いマンションだが、浴室は清潔《せいけつ》だ。なにも考えられずに頭から熱い湯に打たれ、指先や足の爪先《つまさき》の妙な痺れが消えたところでシャワーのノズルを止め、浴室を出ると、リョウが洗面台に寄りかかっていた。

「ぼうっとした顔だな」

笑うリョウが「ほら」とタオルを取って頭や身体をぐしゃぐしゃと拭ってくれる。思考が停止していた貴志はされるがままだった。

「……いったい、どういうことなんだ」

ようやく口を開いたのは、一荒れしたシーツが新しいものに交換されたベッドに腰を下ろしたときだった。

「喉《のど》、渇《かわ》いてるだろ。飲め。変なものは入ってない」

リョウが冷えた缶ビールを渡してくれた。プルトップはまだ開けられてない、ということは確かに妙な薬を仕込まれているわけではないかもしれない。

なにを信じていいのか、なにを疑うべきなのか、自分自身の基準をすでに見失いかけていたが、なぜどうして、こういう事態になったのか話が聞きたいという好奇心だけはかろうじて残っていた。そのためには、まず喉の渇きを鎮《しず》めたかった。

指紋《しもん》がつくほどに冷えた缶ビールのプルトップを引き抜き、一気に半分ほど飲み干した。ふうっと大きく息を吐き出すと、やっと頭もはっきりしてきた。

「どうして……俺はこんなところにいるんだ？　どうしておまえはまたあんなことを……」

「俺は篠原亮司《しのはらりょうじ》を追うなと何度も釘《くぎ》を刺《さ》したはずだ。それを守らなかった当然の報《むく》いをおまえは受けただけだ。本気で殺されなかっただけでもよかったと思え」

「篠原亮司……」

少し離れた床に直接座り、片膝を立てて煙草《たばこ》を吸いだすリョウは、そういえばあの篠原亮司のもう一つの人格だと自ら名乗ったのだ。

まだ熱っぽい疼きが身体の奥に残っていることを無視して、貴志は顔を引き締め、姿勢を正した。

「嘘《うそ》だろう？　おまえが……篠原さんのもう一つの人格だっていうのは、冗談だよな？」

「しつこい。同じことを何度も聞くな。今度こそ殺すぞ。俺は双子の兄の竜司《りゅうじ》じゃない。亮司自身が支えきれなかった精神的な脆《もろ》さを補うために、俺は存在しているんだ。俺は篠原亮司で、リョウなんだ」

「そんな……映画や小説みたいな話じゃないか。二重人格者だなんて……本当にいたとしても、あの篠原さんがおまえみたいな乱暴な面をうまく制御《せいぎょ》できているとは思えない」

「甘いな、貴志。篠原のプライドの高さはよくよくおまえも知ってるだろ？　あいつは自分自身の立場や、家の体面を守るので必死だ。だが、そのぶん精神的な重圧も増える。なんせ、身内に凶暴《きょうぼう》な殺人犯を隠し込んでいたんだからな。そんな状態で、どうやってここまで生き延びてこられたと思う？　礼儀正しい篠原亮司を貫こうにも、竜司の暴力は酷《ひど》すぎた。竜司は双子の弟の亮司さえ殺そうとしたことがあったんだ」

「ご両親は助けてくれなかったのか」

「うちの親か。ありゃ単なるでくの坊だな、俺に言わせれば。未《いま》だにウチは祖父の発言力が大きい。父親は言いなりだし、母親に至っちゃ見て見ぬふりだ。もともとお嬢様育ちだからよ、自分の腹から出た子どもが殺人を犯すなんて信じたくもないんだろうよ。竜司は学校にも通わせられないほどの凶悪さだった。勉強は専門の家庭教師を呼んでいた」

「じゃあ、外の人は竜司さんの存在をほとんど知らないのか」

「そうだ。竜司は、篠原家最大のウィークポイントなんだ」

「篠原さんは……おまえは本当にお兄さんの竜司さんから暴行を受けていたのか」

「連日連夜、癇癪《かんしゃく》を起こす竜司に死ぬほど叩《たた》きのめされてきたぜ。幼い頃の亮司は竜司よりも一回り小さかった。だから、腕力じゃ勝てなかった。両親は味方になってくれない。祖父も忙しい。メイドは全員怯《おび》えて知らぬふりをする。そういう状況に貴志、おまえが置かれたらどうする？　誰も頼れない状況だ。竜司の頭がおかしけりゃ、こっちだって当然、防衛本能を働かせるだろ」

「だから——人格を分けた？　つらい状況から逃げるために、篠原さんは……おまえを生み出した、……そういうことなのか？」

「信じられないって顔して堂々と聞くんじゃねえよ。ま、突き詰めればそういうことだ」

　可笑しそうに肩を揺らすリョウが空き缶に煙草の灰を落とし、脇《わき》に置いた缶ビールを開けて旨《うま》そうに飲む。

　自然と惹きつけられてしまうなめらかな仕草は、篠原亮司にもあったような気がする。生まれつき裕福《ゆうふく》な暮らしをしてきた者だけに備わる、品の良さとでも言えばいいだろうか。どんなに荒っぽい言葉遣いや激しい行動に出たとしても、リョウには他の者とは違う品格があった。

　顔を背《そむ》けて色っぽくくちびるを尖らせ、煙《けむり》を吐き出すリョウが篠原の一部であるという奇怪《きかい》な事実を、認めなければいけないのかもしれない。今までずっと彼に追われてきた一部始終を思い出すと、確かに篠原本人でしか知り得ないはずの情報を、リョウは持っていた。

――竜司は実際に見ていないけれど、ここまでうり二つの人間が篠原さんと竜司以外にもうひとりいる、と考えるほうが不自然だ。篠原さんが演技できる人間だとも思えない。だとしたら、人格が分かれているというリョウの言い分は本当なのかもしれない。

深々とため息をつき、貴志は残りのビールに口をつけた。

「……正直な気持ち、まだ信じられない」

「だろうな。俺だって、俺自身の存在を告げるのはおまえが初めてなんだ、貴志。おまえほどしつこくて鬱陶《うっとう》しい奴は見たことがねえ。俺にあれだけ犯されても食らいついてくるなんてどうかしてるんじゃねえのか？　男好きの淫乱《いんらん》か」

嘲《あざけ》るような笑い声に腹が立ち、つい本音を漏らしてしまった。

「そういうことをする奇特な奴はおまえだけじゃない。それに、俺は男が好きだというわけじゃない」

「……どういうことだ。おまえに手を出した奴が他にもいるのか？」

リョウが目を眇《すが》めて薄笑いを浮かべる。顎を上向けて煙草を吸う姿は挑発的《ちょうはつてき》で、たまらない磁力がある。篠原自身、端整《たんせい》な顔立ちをした男だ。篠原から清廉潔白《せいれんけっぱく》なイメージを剝《は》がし、大胆不敵《だいたんふてき》な彩《いろど》りを与えると、リョウのような危険な男ができあがるのだろう。

「これ以上、篠原を追い回すと犯されるだけじゃすまねえって俺は忠告《ちゅうこく》したよな」

「もう遅い。海棲会《かいせいかい》の不動《ふどう》だって、竜司を捕らえるために動き出してるんだ」

「おまえ、不動に本当に会ったのか？　だったら、情報を引き出すために取引をしただろう。なにをやったのか正直に言え」

ぎらっと目を光らせるリョウの勘《かん》の良さと獰猛《どうもう》さにおののき、「なにも、ない」と頭を振って否定したが、あっさりかわされた。

「セックスもへたなら、嘘をつくのもへただな。本当のことを言え」

すっと立ち上がって近付いてくるリョウが発する怒気に慌《あわ》てて逃げようとしたが、一歩遅く、両肩を摑まれてベッドに押し倒された。

「っつぅ……！」

「不動になにをされた？　あいつの手癖《てぐせ》の悪さは有名なんだ。おまえみたいなバカがのこのこと乗り込んでいって、傷ひとつ負わずに帰ってこられるわけがねえんだよ」

「べつに、なにもない。ただ、言い合いになったぐらいで」

「何度も同じことを言わすんじゃねえって、さっきも言ったよな？　ごまかしや嘘が俺に通用すると思うな」

「リョウ……」

リョウは不動の荒っぽい一面を摑んでいるらしい。それもそうだろう。篠原亮司の一部である以上、リョウも海棲会が篠原家にとってどんな役目を担《にな》っているか、内部構成がどうなっているかということを逐一《ちくいち》知っているはずだ。

顎を摑まれて押し上げられ、矢のように突き刺さる視線をまともに食らった状態では、嘘をつき通すことができなかった。瞼を伏せることも許されそうになかったので、なんとか視線だけそらした。

「……不動に、服を汚された」

「なんで。どうしてそんなことになった」

「篠原家と海棲会が密接な繋がりを持っているって情報を仕入れたから――」

「本人にぶち当たったってのか？　バカか」

呆《あき》れた顔でリョウが、ハッ、と乾いた笑いを漏らす。

「おまえ、本気で死ににいくつもりだったのか」

「そういうつもりじゃなかった。ただもう、他に突破口《とっぱこう》がどこにも見当たらなかったんだ」

「どんなことをさせられたのか、ハッキリ言え」

一層《いっそう》低くなる声に頰がカッと熱くなる。あのときのことは、もう思い出したくない。

「手下のハオという男にナイフで脅《おど》されて……ネタの確証が欲しいなら、……不動に、奉仕《ほうし》しろと言われて……」

無理やり口に押し込まれた不動の塊《かたまり》のことや、ハオの舌使いを忘れてしまいたいのに、リョウはそんなところまで暴《あば》こうとしてくる。

「本当のことを言ったからって、リョウになんの得があるんだ？」

「話をそらすな。俺の目が届かないところでおまえがなにをやってるのかって聞いてるんだよ。奉仕しろと脅されて、実際にはなにをしたんだ」

「……口で、あいつのものを、感じさせろと言われて……、っ、……リョウ……！」

喉《のど》の奥が締まるかと焦《あせ》るほどにいきなり顎をグッと押し上げられたせいで、声が掠《かす》れた。

「この口に、不動のものを挿れさせたのか。あいつのザーメンを飲んだのか？」

「そんな下品な言い方をするな！　俺は――そんなことしてない、誰がするか！　ハオにも脅されたけど、絶対に屈したくなかったから嚙《か》んでやったんだ」

「嚙んだ？　不動のものを、か？」

目を丸くするリョウに、貴志は猛然《もうぜん》と刃向《はむ》かった。

「そうだ」

「ハハッ、本当の話か？　不動のものに歯を突き立てた？　よく殺されずにすんだな」

本気で可笑しいらしい。リョウは声を上げて笑っている。

「で、服を汚されたっていうのか。それだけか？　他は？」

「他って、なんだ」

「不動のものに歯を突き立てる前に、おまえ自身は触れられてないだろうな」

リョウの勘の鋭さにはたまに寒気がする。ハオに強引に追い詰められた場面を見たわけではないだろうに、どうしてわかるのだろう。

返す言葉もなく、ただ無意味に口を開いたり閉じたりしていたことが答えになってしまったようだ。

「……ふぅん。そうか、やっぱりな。その顔じゃハオにやられたか」

「やられたって、なんだよ。口で、されただけで……」

「感じたのか？」

「リョウ……やめろよ……！」

言いながら、のしかかるリョウが片手を器用にハーフパンツの中にもぐり込ませてくる。何度も絶頂感を味わわされて力が入らない性器を揉み込まれると、軽い疼痛《とうつう》が走り抜けるが、ゆるやかな指使いに導かれて少しずつ硬くなっていくのが自分でもわかる。

触られてすぐに反応するときは、目先にある強い快感ばかりを欲しがって他になにも見えていないが、今みたいに互いに疲れた身体を重ねていると、じわじわと炙《あぶ》られるような快感の他にもさまざまなことが視界に入ってくる。

服を着ている状態ではわからないが、互いに上半身だけでも裸になると鍛《きた》え方が違うのがわかる。細身に見えてもリョウは強靱《きょうじん》な筋肉を隠し持ち、貴志の抵抗をさっと封じ込めてしまう勘の良さもある。リョウが、本当に篠原亮司なのだとしたら、キャリア組として階級を上がるために、柔道《じゅうどう》か剣道《けんどう》をたしなんだ有段者か有級者であるはずだ。

「……どっちだ？」

「ん？」

「柔道と剣道」

貴志の問いかけにリョウが笑う。

「柔道だ。空手もやってたが、キャリアスタートは警部補《けいぶほ》からだからな。とくに問題ない。俺が見た目より鍛えていることがわかって満足か」

「う……」

即答《そくとう》されたこともショックだが、だんだんと硬い芯《しん》を持った性器を剝《む》き出しにされ、リョウの顔がそこに覆《おお》い被《かぶ》さる。

「ン――……！」

ねろりと熱い舌が竿《さお》に巻き付いた瞬間、疲労感の後にしか浮かばない密度の濃い快感がやってきた。貪《むさぼ》り尽《つ》くされた後の、丁寧《ていねい》で執拗《しつよう》な口淫はあまりに甘美だ。

蜜口を親指と人差し指で押し開かれ、ちゅぷ、とリョウが吸い付く。細く尖らせた舌先で柔らかな粘膜を啜《すす》って抉り出される凄まじい快感に、貴志は身をよじって喘いだ。「やめてくれ」と何度も懇願《こんがん》したが、その声がどんどんせつなげなものに変容していくのが自分でも信じられなかった。

「気持ちよさそうだな」

「……んぁ……あぁ……や……ぁ……」

ふふっと笑うリョウが片手で髪をかき上げ、貴志のものをぐっぽり咥《くわ》え込むところをわざとよく見えるようにする。トレードマークの眼鏡《めがね》をかけていないが、目元があらわになるとリョウは篠原亮司そのもので、貴志の意識をますます熱くねじれさせていく。ハオにも同じようなことをされたが、ここまで堕ちなかった。

「ハオよりもいいか？」

リョウには心を読む力でもあるのか。喉の奥深くまで飲み込まれ、亀頭を上顎で擦られると腰がずり上がるほど気持ちよくて、貴志は陶然《とうぜん》となりながら、「……いい」と漏らした。じゅぷっ、じゅるっ、と淫らな音を響かせて貴志の性器を舐め回し続けるリョウは、くびれの周囲も舌でせり上げてきて、亀頭から唾液と先走りが滴《したた》るほどに濡らしまくった後、もう一度深く含み直して、ゆるく、時折、きつく扱いてくる。

声を殺すことはもうできず、ねっとりとしたリョウの濃密なフェラチオの虜《とりこ》になっていた。イキそうでイケない苦しさがたまらない。絶頂寸前なのか、それともとうにピークを超えていて、頭が蕩けそうな絶頂感をずっと味わっているのか判別がつかない。

このままずっと奉仕を続けられたら本当に気が狂うと思っても、――もうそれでもいい、こんな深い快感は二度と味わえない、とも思っていた。

「ハオと俺の違いはなんだ」

「ぜんぶ、ちがう……舌とか、指で擦るやり方、全部……」

「ハオはどうだったんだ」

「もっと、冷たかった……不動の、命令に従って、いるだけでっ……あぁ、リョウ……！」

しこった陰嚢を熱い舌でつつかれ、転がされて、とうとう貴志は泣きじゃくった。

どうしてハオのことを気にするのだろう。どんなふうにされたかなんて言いたくないのに、リョウの声には逆らえないなにかがあった。

——リョウぐらいの男が、ハオを気に留めるとは思えない。不動を鬱陶しいと感じるのは当然だろうが、俺が受けた屈辱をどうしてここまで知りたがるんだ？

しつこいというのを通り越した、恐ろしいまでの執念《しゅうねん》がこもるリョウの愛撫が永遠に続く気がした。

「俺のやり方が気に入ったか？」

「……ぅ、ん……」

「どっちだ、ちゃんと答えろ」

「うっ……くぅ……っ……」

足を大きく開かされ、窄まりまで舌で舐められた。ついさっきまでそこにリョウ自身を受け入れ激しく揺さぶられていたのに、ぬめぬめとした柔らかな舌に責められる心地良さは決定的な絶頂に繋がらないぶん、ひたすら深いところに沈《しず》んでいく快感があり、拷問《ごうもん》に近い。

「リョウのやり方が、……いい……、リョウが、いい……」

剣呑《けんのん》としていたリョウの表情がふっとゆるんだ。

もどかしいまでの快感をどうにか解放させてほしかった。全身を震わせて声を嗄《か》らしたとたん、リョウの形のいいくちびるできゅっと根元を絞《しぼ》られ、そのまま窄まった形で何度もじゅぽじゅぽと舐められた。

「あっ、あぁっ、リョウ、リョウ……！　いい、っく、いく……ッ……」

くっきりと立った裏筋を親指の爪で引っ掻かれながら亀頭を強く吸われたのを合図に、貴志は身体を激しくバウンドさせた。もう搾り尽くされたと思っていたのに、どろっと粘っこい精液が身体の奥から引きずり出される感覚に、気を失いそうだ。

大量に噴《ふ》きこぼれた白濁がリョウのくちびるを汚すのを間近に見てしまった。

「……リョウ、や、だめ、だ、飲む、な……っ」

「……っ……」

ごくっと美味《おい》しそうに喉を鳴らすリョウは指の合間に垂れ落ちた滴《しずく》はもちろん、貴志の性器の割れ目や陰嚢に伝うそれも綺麗に舐め取っていく。

「感じまくった後だけに、濃いのがやっと出たな。おまえの味、癖《くせ》になりそうだ」

「や……もう、出ない、から……舐めるな……」

「まだだ。まだおとなしくしてろ」

根元に渦巻く繁《しげ》みを指でかき分け、敏感になりすぎて痛いぐらいの性器の隅《すみ》から隅《すみ》までリョウの舌が這う。絶頂の余韻《よいん》でひくつく窄まりもいたずらっぽく舌でつつかれたものの、それ以上のことはされなかった。さすがに、貴志の体力にも限界がきていると感じたのだろう。

起き上がることもできない貴志に代わってリョウが立ち上がり、水で濡らしたタオルをいくつか持ってきて、後始末をしてくれた。固く絞ったタオルはひんやりしていて、火照《ほて》った肌に心地いい。

「背中も拭《ふ》いてやる」

リョウの手にうながされるまま、背中を向けた。顔が見えない位置になると、やはり思い悩んでしまう。リョウが篠原亮司だなんて嘘じゃないだろうか。双子ではなく三つ子だったとか、本当によく似た顔の親戚《しんせき》とかなんじゃないだろうか。

――二重人格者なんかに会ったことがないから、リョウの言い分が正しいのかどうかわからない。でも、今日はなぜか優しくしてくれている。初めて犯されたときとは違って、痛いことは一つもされなかった。まさか、口で弄《もてあそ》ばれるなんて思わなかった。ハオや不動への執心を感じたのは気のせいか？

貴志がどうしても忘れられない言葉がある。殴《なぐ》られた衝撃が抜けないままに抱かれ、これが夢なのか現実なのかと朦朧としていたとき、リョウが言ったのだ。

『……そうだな、おまえだけが本当の俺を知るのかもしれないいな』

あの言葉の真意はなんなのだろう。本当のリョウ、本当の篠原亮司というのは何者なのか。

汗ばんだ身体をすっかり綺麗にしてもらったことに気づき、貴志はなんとか起き上がった。

「……悪い、いろいろさせて」

「べつに。俺がしたことの後始末だ」

リョウがちょっと眉《まゆ》をはね上げて笑い、シャツや下着を放ってきた。

一つ一つ服を身に着けるたびに平常心が戻ってくるが、そのぶん、素肌で触れ合っていた間、かぎりなく近いところまで食い込んできたリョウが遠ざかっていくような気がした。

触られればなにをされるかわからない男が離れてくれることにほっとするならともかく、一《いち》抹《まつ》の寂《さび》しさを感じてしまう自分が理解できず、貴志は混乱していた。

またも気まずい沈黙《ちんもく》が続いたが、リョウから凶悪な気配は感じられない。

今度は缶ビールではなく、ミネラルウォーターを放り投げてきたリョウが隣に腰掛け、しばし思案顔でうつむいている。ギュッとボトルのキャップをねじ切り、ためらうようにリョウは口をつけていた。

「ここまで踏み込まれたのは本当に初めてだ。ウチと海棲会との繋がりまで掴んだか。……おまえ、この件に最後までつき合う覚悟はあるのか？」

「最後って……どういう意味だ」

正面を向いたままのリョウは、遠くの一点を見つめている。

「どうなるかは俺にもまだわからねえよ。絶対に竜司を捕まえるまで、俺は亮司をなんとか支えなきゃいけねえ。それが今のところの、一応の『最後』だ。ただ、事が片付くまでにどれだけ時間がかかるかわからねえし、おまえの身の安全も保障できない。……とくに海棲会のあたりはヤバイ。おまえの周囲の誰かが今後、海棲会か、竜司サイドに寝返る可能性はある。すでに寝返っていて、おまえを罠《わな》にはめようとしているかもな。それでも知りたいなら、すべてを話す。どうする?」

「教えてほしい」

「好奇心《こうきしん》を満たすだけで言ってるなら後悔《こうかい》するぜ」

「……後悔なんて、おまえに会った瞬間からもう何度もしてるよ。でも中途半端《ちゅうとはんぱ》な状態で下りるのは嫌なんだ」

正直に打ち明けると、かたわらのリョウが振り向き、気が抜けたようにふっと肩を揺らして笑う。それから貴志の頭をぐしゃぐしゃとかき回して引き寄せてきたので、「なにするんだ」と言いながらも、貴志も身を預《あず》けた。

軽く肩を預け合う形は、強い快感を味わわされたときとはまったく違う安堵感《あんどかん》があった。

正体不明でなにをしでかすかわからないリョウと、初めて同じ視点に立てた気がした。

「おまえだけに話すことだ。篠原亮司は、俺の存在を知らない。もちろん、両親も、竜司も俺の存在には気づいていない。亮司が真っ当に生き抜くために、俺という人格は生み出されたたん

「ああ、政界に強い家柄だよな。国の首相になったひとはいないけど、かならず重要な位置にいる人物を出してる」

「篠原家が古くからの名家だっていうのは、貴志も当然知ってるよな」

「ナンバーワンじゃスポットライトが当たりすぎて逆に動きにくいだろ。だから、ウチはいつもナンバーツーの座を狙う。正しい意味でトップに立つ人間を支えることもできる反面、堂々と暗躍できる。二番手の旨味っていうのはそういうもんだ。一番手の発言力は大きいが、かならず追い落とされる時期が来るだろう。篠原家は昔からそういうことを熟知していて——無能をトップに立たせておく裏側で、さまざまな取引に応じてきた。自殺者も多い。もちろん、それらはすべて極秘事項として封印してきたがな」

「そう……なのか」

「双子の兄の竜司は幼いときから残忍極まりなかった。飼い犬や飼い猫も全部殺された。あいつには生まれつき、破壊願望があるんだよ。亮司もしょっちゅう殴られたり蹴られたりした。さすがに祖父は内々に手を回して専門医に竜司を診せて、薬漬けにした時期もあったんだけどよ……。だめだったな。結局、十四歳のときにメイドを犯しながら、ズタズタに引き裂いて殺しやがった。俺は……亮司は、それを見たんだ」

「おまえが？　人殺しの場面を……見たのか？」

「そうだ。夏休みの昼間だ。竜司の部屋から呻き声が聞こえたから、俺は怖いと感じながらも部屋をのぞいたんだ。血まみれのメイドを犯しながら竜司がナイフをあちこちに突き立てていた。俺は大声で叫《さけ》んだと思う。助けを呼んだはずだ。当然、騒ぎになったはずなんだが、そこから記憶が一部飛んでる。気づいたら、『俺』がいて、駆けつけた専門医や家族と一緒になって、暴《あば》れる竜司を取り押さえていた。その乱闘《らんとう》のときにできた傷が、これだ」

　リョウがシャツの左袖をめくり、肘《ひじ》の内側を見せる。斜《なな》めに大きく走った白い傷跡《きずあと》に貴志は目を瞠った。

「竜司さんに切られたのか」

「ああ。一歩間違えたら大事な腱《けん》を切られていたが、幸い、それた。ただ、この傷のことを亮司は、『自転車に乗っている最中、誤《あやま》って転んだときにできた怪我《けが》だ』と記憶を改ざんしている。醜《みにく》い傷だし、そもそも傷が生まれた理由を認めたくなくて記憶をねじ曲げているぐらいだから、亮司はこの腕を他人にほとんど見せたことがない。おまえ、亮司に会ったとき、あいつがいつもどんな格好をしているかわかるだろ？」

「いつもきちんとスーツを着ている。そういえば、ジャケットを脱いだこともないと思う……」

「竜司から受けた傷跡はこれだけじゃない。他にもいくつかあるが、一番大きかったのは心理的なダメージだ。竜司に散々痛めつけられて、亮司自身、気が狂いそうだった。そんな矢先にメイドが殺される場面を目撃して――亮司は竜司の毒気《どくけ》に引きずられるのを必死に拒《こば》んだ。あいつみたいに壊れたくなかったから、『俺』という人格を生んで、以後、精神的な暗黒をすべて押しつけてきた」

「篠原さんは……自分の人格が分かれていることに気づいていないのか？」

「気づいてない。今のところはまだ、な。たまに記憶の空白があるというぐらいだ。ただ、竜司がかかりつけの医者と助手を殺して脱走《だっそう》を図ったあたりから、『俺』の出番が多くなった。亮司は自分の体面を守るのに必死で、ギリギリのところで踏み留まっていた。でも、おまえが踏み込んできたことで、秘密を隠しきれないと悟《さと》った亮司は、『俺』に荒療治《あらりょうじ》をゆだねた。竜司を取り押さえたときのように、おまえを捕まえて犯す、そして脅して黙《だま》らせる方法を『俺』は選んだ。なのに……おまえはしつこく追ってきて……亮司は苦しむあまりに睡眠剤も使ってる。実際のところ、亮司は眠れていない。眠っていると思い込んでいる時間に、『俺』が動いておまえと接触しているからな」

今や、リョウのほうが貴志にもたれかかっていた。初めて明かすという秘密の重さに、自分自身を支えるのが難しいのかもしれない。

貴志は、黙ってリョウの温《ぬく》もりを受け止め、話を聞いていた。今の自分にできるのはそれしかないし、リョウが話すことならなんでも聞いてみたい――そんなふうにも考えていた。

――話をして、少しでも気が楽になるならいい。リョウが身体を預けるぐらい心を許して話をしてくれるなら、俺がここにいる意味があるんじゃないだろうか。

リョウが肩口に頭を擦り付けてきて、言った。

「俺の話を信じるか、貴志。亮司も家族もかかりつけの医者も知らない『俺』の存在を、おまえは信じるか？」

「……信じられるように、努力する」

信じる、と言い切れなかった自分に忸怩《じくじ》たるものを感じたが、仕方がない。凶悪な犯罪を犯した異常者の事件はいくつか見てきたが、二重人格者そのものに出会ったことは三十年生きてきた中で一度もないのだ。

篠原に会い、自分の中で、リョウと、篠原の相違点を探したかった。

「とにかく一度、篠原さんに会ってみる。リョウの話を疑ってるわけじゃない。でも、篠原さんとしての『おまえ』とも話をして、嘘がないことを確かめたい。篠原さんの中におまえが完全にひそんでいることを確かめたいんだ」

正直な回答をリョウは気に入ったらしい。頭を何度か擦り付けてきて小さな笑い声を立てていた。

「危険だと何度警告しても、おまえは突っ込んでくるくせに。こういうときだけは慎重だな。――気に入ったぜ、貴志」

身体を離したリョウがまともに顔をのぞき込んでくる。その瞳の深さと暗さに一瞬魅入《みい》られ、貴志は身じろぎもできなかった。

篠原とリョウが、長年抱え込んできた暗黒をかいま見た気がした。

リョウが十一桁の電話番号を口にした。

「これは、リョウである『俺』だけのプライベートナンバーだ。プリペイド形式だから、番号はしょっちゅう変わる。今言った番号が最新のものだ。覚えたか？」

「覚えた。……篠原さんじゃなくて、リョウに直接連絡を取りたかったらこの番号に電話すればいいのか？」

「そうだ。覚えたという証拠に、電話番号を暗唱してみろ」

「わかった。ゼロ、ハチ……」

言い終える前に、口元をほころばせたリョウが顔を近付けてきた。

「人を殺すのは罪《つみ》だ。でも、生き延びるために人格を使い分けるのは罪か？」

「……リョウ」

貴志に答えを求めず、リョウはくちびるを重ねてきた。優しい封印に、貴志は驚いたけれど、おとなしく瞼を閉じた。

このキスにはなんの意味もないのかもしれない。リョウの気まぐれかもしれない。

——それでもいい。俺だけが、リョウを知っている。篠原さん本人ですら知らない人格を、俺だけが知っている。

表の面、裏の面があるとわかったら、表の顔に会いに行き、裏付けを取りたかった。

貴志が知っている篠原亮司というのは恐ろしく頭が切れる男で、警視という立場上、相応の隠し事もうまい。だが、プライベートを探られるのには慣れておらず、こっちが切り札を多く持っていればいるほど動揺し、嘘がつけなくなるはずだ。

早速《さっそく》、篠原に連絡を取ろうとしたが、携帯電話のアドレス帳を開いたところでためらった。

「……好奇心だけで暴いたら、あの人は破滅するのか」

同僚の浅川《あさかわ》、央剛舎《おうごうしゃ》の小林《こばやし》、海棲会の不動とハオ、そして篠原の裏の顔を支えるリョウの話をすべて繋ぎ合わせれば、とんでもないスキャンダルを摑んだことになる。

若い頃の竜司に孫娘を蹂躙《じゅうりん》され、挙《あ》げ句《く》にみずから命を絶たれた苦しみを今でも抱えている長山《ながやま》のコメントも取れれば、スクープどころの騒ぎではなく、社長賞ものだ。長山の事件はまったく記事になっていないのだ。

竜司を捕らえるためにも洗いざらい情報をぶちまけるべきだ。

このネタを生かせば、冷や飯を食わされっぱなしの文芸部から一気に社会部に返り咲けるだろうが、――それでも、と惑《まど》う自分がいることに貴志は頭を抱えた。

この件では、傷つく人が多すぎる。

まず、篠原亮司その人が社会的に抹殺《まっさつ》されるだろう。本人にその気はまったくなくとも、警察という正義の仮面を利用して、身内の犯罪を隠していたのかと世間から糾弾《きゅうだん》されるはずだ。

長山のためにも竜司を捕まえるべきだと思うが、過去の犯罪が明るみに出ることで長山家は再び好奇の目に晒《さら》され、メディアがあらぬことを書き立てるはずだ。

若い女性が犠牲者《ぎせいしゃ》となる犯罪は、どんなに控えめに報道しても、人々の下世話な好奇心を駆り立てる。

「その先駆者《せんくしゃ》が、俺か……。ハゲタカ、ハイエナだよな、俺は……」

自宅マンションのリビングでため息をつき、貴志はソファに寝転がった。日曜の夜の七時、テレビはどの番組もふぬけていて見る気がしない。腹が減っていた。近所の寿司屋から出前でも取ろうかなと思うが、なんとなく起き上がる気力に欠けている。

——篠原さんは今頃、なにをしてるんだろう。竜司を追っているのか？　あの人でも休みを取ることはあるんだろうか。

竜司のことを持ち出したとき、おもむろに冷静な仮面をかなぐり捨て、激昂《げっこう》した篠原を思い出した。

やはり竜司は、篠原にとっての最大のウィークポイントなのだ。

「……休みなんてあり得ないか」

自嘲気味《じちょうぎみ》に笑った。間違いなく今も篠原は奔走《ほんそう》している。双子の兄を捕らえるための手がかりを必死に追い求めているはずだ。『睡眠薬を使っても眠れていない』と教えてくれたのはリョウだ。

あの冷徹《れいてつ》極まりない篠原でも自分の手に余る場面に立ち会ったら、精神的なダメージを負うのだ。

人間として壊れないために、兄の竜司のようにならないために、篠原は、『リョウ』という強靱な人格を生み出し、表の顔では絶対にできないような荒っぽい始末の付け方を覚えた。

「俺が首を突っ込まなきゃ、もう少しあの人はマシな状態だったのかな……」

白っぽい天井を見上げてぼんやり呟《つぶや》く間も、篠原亮司＝リョウが気になってたまらない。

今はどっちの人格で動いているのだろう。

どちらの人格にも連絡が取れるが、やはり現時点では不確かな『リョウ』の存在をハッキリさせておくためにも、篠原に会って話をしておきたかった。

出てくれないかもしれないと諦《あきら》め半分で電話をかけてみると、コール三回で篠原が出た。

『篠原です』

相変わらず素《そ》っ気《け》ない声だなと苦笑しつつも、――やっぱりリョウとは全然違う、とも思っていた。

声質はまったく同じだが、音程やブレスコントロールが篠原とリョウとでは違う。

「突然すみません、貴志です。今、お忙しいですか」

『仕事中です』

「夕飯はもう食べましたか？　篠原さん、あの……毎日ちゃんと眠れていますか？」

『なに変なこと言ってるんですか。ご機嫌取りの電話なら切ります』

「違います。ただ、……あなたが心配で」

思わず本音を漏らすと、電話の向こうも黙り込む。

気まずい沈黙だった。眠る閑《ひま》も惜しんで竜司を追っているんでしょう、と電話で言うのはさすがにまずい気がする。

出過ぎたことを言ったなと反省し、貴志は「すみません」と謝り、話題を切り替えようとした。だが、相手のほうから遮《さえぎ》ってきた。

『――今日はまだなにも食べてません、ちょっと忙しいので。今も車で移動中です』

「どのへんにいるんですか」

聞くと、貴志のマンションからさほど離れていない場所に篠原はいるらしい。

「じゃ、もしよかったらウチに来ませんか。ちょうど寿司の出前を取ろうと思っていたので、篠原さん、少しつまんでいきませんか」

『あなたの家で？』

「忙しいのはわかりますが、なにも食べないなんて身体によくありませんよ。べつに、他意はありません。もしよかったら、っていうだけで」

『……わかりました。三十分後にお邪魔します。すぐに辞去しますから、お構いなく』

ぶつりと唐突《とうとつ》に電話が切れたことに貴志はちょっと唖然《あぜん》としていたが、すぐに気を取り直して寿司屋に特上二人前を注文し、玄関や洗面所、リビング、キッチンと篠原の目につきそうなところはザッと片付け、来客用の座布団を出した。

ビールを出したいところだが、車で来る篠原のことを考えて、慌てて近所のコンビニに駆け込み、冷たい日本茶とウーロン茶のペットボトルを買ってきた。

綺麗な漆塗《うるしぬ》りの器に入った特上の寿司を受け取った直後に、篠原がやってきた。

「お言葉に甘えてお邪魔しました」

蒸《む》し暑い今夜も篠原は折り目正しくスーツを身に着け、艶《つや》のある黒髪を綺麗に撫《な》でつけている。ネクタイの結び目はまったくよれていない。

いい家柄の生まれなんだな、と思うのはこんなときだ。警視という立場にふさわしい物腰を、篠原は自然と備えている。見た目で人を判断するのはよくないと言う輩《やから》もいるが、やはり第一印象は大切だ。

その点、篠原はいつ、どこで会っても生真面目《きまじめ》で清潔な印象を保っている。

「どうぞ、中へ入ってください」

室内へ招き入れ、用意が調ったリビングに通し、「ソファでも、床でも、好きなほうをどうぞ」

と言った。

「床で構いません。ジャケット、脱いでもいいですか」

「あ、はい。ハンガーにかけておきますよ、貸してください」

篠原が脱いだジャケットを受け取り、ハンガーにかける間、ひどくもどかしい気分に駆られていた。

——篠原さんには、篠原さんの匂いがあるんだ。リョウとは違う。やっぱり、人格が違うというより、まったく別の人間だというほうが自然なのに。でも、リョウの言葉のすべてを嘘だと決めつけることもできない。もし、あいつの言うことが本当だったら、篠原さんの身体には、彼自身が絶対他人に明かさない秘密がある。

グラスにウーロン茶を注いで渡すと、「ありがとうございます」と篠原がバカ真面目に言う。初めて足を踏み入れた者らしく室内を興味深そうに眺《なが》め回しているあたりも、目が離せない。

リョウは、一度この部屋を訪れている。しかし、篠原は今日初めてここに来たのだ。

彼の中に本当にリョウが潜《ひそ》んでいるとしたら——そう考えただけで、背中がじわりと熱くなる。その胸に何度も抱かれ、何度も辱《はずかし》められたのに、今、手が届く距離にいるのは鉄面皮《てつめんぴ》を貫く篠原だ。

どこから切り出そうか悩んだものの、せっかく寿司を取ったのだし、互いに空腹を満たしてからのほうがいいだろう。

「気軽に膝、崩《くず》して食べてください。ここの寿司、旨いんですよ。小さい店だけど、ネタが新鮮なんです」

「じゃあ、ありがたく、いただきます」

綺麗に磨《みが》いたローテーブルに置いた漆の器から一つずつ寿司をつまみ、篠原は食べ出す。ゆっくりと咀嚼《そしゃく》する様子に内心安堵《あんど》し、貴志も箸《はし》を手にした。

「……おいしいです」

「よかった」

「おひとりでお住まいですか」

「ええ、そうです」

「綺麗にしてますね」

「社会部にいた頃はめちゃくちゃでしたけど、今は文芸部ですから。閑なんですよ」

「なるほど」

なんとも味気ない会話だが、黙りこくられるよりはマシだ。

警戒心《けいかいしん》の強い篠原が貴志の私室に来たというだけでも、奇跡《きせき》のようなものだ。

出会ったばかりの頃を考えたら、二人で食事しているなんて冗談みたいだ。

前に会ったときよりも頬のあたりがシャープになった気がする。リョウとして会っていたときはさほど気にならなかったが、篠原はつねに髪を綺麗に整えているせいか、頬が削《そ》げると目

ていた。

そうは言ったものの、篠原の口に寿司は合ったらしい。気づいたら、器はほとんど空になっ
「え？　ああ、うん……まあ、夏はいつもこうですよ。忙しいし、食欲もあまり湧《わ》かないし」

「痩《や》せましたか、少し」

立つのだ。


「今、熱いお茶、入れますね」

「お構いなく」

貴志はキッチンに立ち、熱い日本茶を入れた湯飲みを二つ持って、篠原のそばへと戻った。

篠原はワイシャツの首もともゆるめず、袖をまくることもしないが、空腹を満たしたことで多少くつろいでいるようだ。

夜風が入るように窓を開け、あらかじめ冷房は切っておいた。そこに熱いお茶を出せばさすがに篠原もネクタイをゆるめるか、シャツの袖をまくり上げるぐらいするだろうかと思ったが、彼の用心深さは並々《なみなみ》ならぬものだ。平然とお茶に口をつけている横顔に、——俺から踏み込まないとダメか、と覚悟を決めた。

「篠原さん、あの、唐突で申し訳ないんですが、……あなた、左腕に、傷、ありますか？」

「は？」

予想していたとおり、篠原は怪訝《けげん》そうな顔で振り返る。

「左腕の内側に古い傷が今でも残っていますよね」

「なにを言ってるんですか」

眉間《みけん》に深い皺《しわ》を刻む篠原はあくまでも冷静であろうとしているのだろうが、誰も知らないはずの傷の在処《ありか》を貴志に突きつけられ、動揺がさっと瞳をよぎる。

「そんなもの、ありません」

「本当に？」

「本当です。なんの根拠があってそんなことを言うんですか」

表向きに、つけ込む隙《すき》はまったく見あたらない。これ以上食い下がると篠原の態度は一気に硬化しそうだ。

――篠原さんを揺さぶれば揺さぶるほど、『リョウ』が出てくる確率が高くなるかもしれない。でも、そのぶん、篠原さん自身の負担も大きくなるはずだ。眠れずに、ストレスが溜まる一方の人をいたずらに揺さぶることはしないほうがいいだろう。

確証が欲しかったが、ここは一旦《いったん》引き下がることにした。

「……すみません。俺の勘違《かんちが》いでした。ここ数日、いろんな人と話したので混乱したのかもしれません」

「適当なことを言わないでください」

「本当にすみません」

心からの謝罪だと通じたのか、眉を曇《くも》らせていた篠原は小さくため息をつき、湯飲みの口を指でなぞっている。

「……貴志さんは、まだ、……竜司を追っているんですか」

彼から話してくれるとは思っていなかったから驚いたが、顔を引き締め、「はい」と頷いた。

「それで、なにかわかったから私に連絡を?」

「いいえ、べつにそういうんじゃありません。篠原さんのほうはどうですか。なにか、手がかりは?」

「情けないことに、……まったく摑めてませんね」

うつむく篠原の横顔にいつもの気迫はない。積み重なった疲労《ひろう》を見て取り、胸がかき乱されるようだった。

「でも、かならず捕まえます。無駄《むだ》だとは思いますが、もし、貴志さんのほうでなにかわかったら、私に一番に連絡してください。——不動ではなく」

誰が聞いているわけでもないのに小声になる篠原に、貴志は頷いた。

「わかっています。それぐらいは信じてください」

「どうだか」

冷ややかに言うが、篠原は眼鏡をはずして眠そうに瞼《まぶた》を擦り、もう一度かけ直す。

あの凶暴なリョウを無自覚に生むほど、篠原の苦悩は深いのだ。

――俺になにかできないのか。篠原さんを助けることはできないのか。

リョウに対する複雑な想いとはまた違う、切実な想いを篠原に抱いてしまいそうだ。

なにごともなければ、一日のほとんどを彼は『篠原亮司』として過ごしているはずだ。傲慢《ごうまん》で、権力を振りかざす嫌みな男のままだったら、彼をこの部屋に迎え入れていない。

だが、奇怪《きかい》で終わりがなかなか見えない事件を追ううちに、リョウと篠原、そして竜司を結ぶ糸を摑んだ。

その中心にいる篠原が、人間的には一番まともだ。

リョウも、竜司も、異常な状況を平然とやり過ごせる人格だ。

しかし、篠原はそうじゃない。

『生き延びるために人格を使い分けるのは罪か？』

あれは、篠原の深層心理《しんそうしんり》にある本音で、リョウの根本でもあるのだ。

誰もが知る名家に生まれ育ち、誰にも想像がつかない凄惨《せいさん》な思春期を過ごしてきた篠原は、人格を使い分けることで己《おのれ》をなんとか制御しているのだろう。

貴志はそこまで追い詰められた経験がないだけに、懸命《けんめい》に表の顔を守ろうとする篠原が可哀想《かわいそう》だった。

一時も気が休まらない男の不安をどうにか解消してやりたいと思うが、裏人格の凶暴で行動力のあるリョウですら、双子の兄、竜司を捕まえられないのだから、ここでまたへたなことを言って篠原の神経を荒らしたくない。

——同情なんか、この人は一番嫌がるだろうに。

互いに言葉を交わさず、ただ黙っていた。

テレビをつけてボリュームを絞り、篠原の湯飲みにお代わりのお茶を注《そそ》ぎ、空《から》になった寿司の器を洗うため、貴志は少しの間、リビングを離れた。

テレビをぼんやり見ている篠原が帰る気配はない。

へたな同情はすまいと思うのだが、まったく知らない仲でもない。篠原自身が、『帰る』と言い出すまでは、貴志もそっとしておくことにした。

——この人がほっとできる場所は、あるんだろうか。誰かと一緒にいてくつろぐことはあるんだろうか。篠原さんが助けを求めることはあるんだろうか。もしあったとして、誰が彼を助けてくれるんだろう？

完全な孤独主義を貫いて、篠原は今の地位を摑んだはずだ。

双子の兄の竜司の非道さを忘れられず、『リョウ』に精神的な暗黒を任せるという荒技を成し遂げながらも表向きの顔も全うする厳しい日々に、親身になってくれた人がいたとは到底思えない。

——そんな人がいたら、そもそも『リョウ』を生む必要はなかったはずだ。

腰を上げない篠原に声をかけず、貴志は洗った寿司桶を玄関の外に出し、風の通りをよくするためにあちこち窓を細く開きながら静かにリビングに戻ると、思わぬ光景が飛び込んできた。

疲れていたのだろう。ゆるく腕組みしたまま、篠原はソファの縁にことんと頭をもたせかけて眠っていた。

「……篠原さん……」

近付いても目を覚ますことはなく、すう、と穏やかな寝息が聞こえてくる。

無防備な姿に、言いようのない切なさともどかしさを抱きながら、貴志はそばに座った。

篠原とて、まさかうたた寝をするつもりはなかったのだろうが、腹を満たし、静かな空間に腰を落ち着けている間に気がゆるんだのだろう。

この部屋が、彼にとってつかの間の休息所になるなら、それでいい。

自分という人間が脅威《きょうい》を及《およ》ぼす存在ではないから、篠原は居眠りをしてしまったのだろうか。

声をかけて聞くことはできなかったが、そう思うだけで心が和らぐ。

第一印象が最悪な最初はともかく、竜司という凶悪な存在を互いに追っている今、篠原の力になりたいと思っているのだ。

そこでふと、篠原がシャツの袖を軽くまくり上げていることに気づいた。

両腕とも二折りしている程度だから、もうちょっとずらさないと、あの傷跡は見えない。

ごくりと息を吞《の》み、貴志はそっと指を伸ばした。

ためらう心はあったが、今この一瞬を逃したら、リョウと篠原を結ぶ線を摑み損《そこ》ねてしまう。

リョウが、篠原だとしたら。篠原の中に、本当にリョウが隠れているのだとしたら、彼の腕には兄の竜司に切りつけられたときの醜い傷が今でも残っているはずだ。

十四歳のときの不幸な出来事が、今でも篠原の腕に残っていれば、『リョウ』という人格は確かに存在していることになる。

震えそうになる指で、篠原のシャツの袖をめくり上げた。

袖口のボタンをはずしていたせいで、上質のコットンはするっと持ち上がり、左腕の内側が丸見えになった。

「……リョウ……」

あの晩、リョウが見せてくれたものと同じ、斜めに走る傷跡が篠原の左腕の内側にあった。

白く引きつれた痕《あと》と寝顔を、貴志は交互に見つめた。息することもできなかった。

リョウが篠原で、篠原はリョウなのだとやっと確信した。

同時に、そのくちびるで散々嬲《なぶ》られたことを思い出し、身体の芯にカッと火が点きそうだったが、目をつむってなんとかやり過ごした。

清潔な指先やすらりとした首筋を見ているとおかしな気分になりそうだ。意識して深呼吸を繰り返し、よこしまな考えを払いのけた。

よほど深く眠っているのか、篠原はぴくりともしない。

突然目を覚まし、『リョウ』が出てくる気配もない。

篠原の深層心理を脅《おびや》かす出来事が起きたときに、リョウは現れると本人が言っていた。

――でも、俺が触れている今、篠原さんは熟睡《じゅくすい》している。少しは俺を信頼してくれているという証拠か。ここに危険はないとわかっているから、リョウも出てこないのかもしれない。

シャツを元通りにして、貴志は長いこと篠原の寝顔に見入っていた。

どうしてこんな男がいるのだろう。どうしてこんな男がいるのだろう。人格を使い分けなければ生きていけないほどの苛烈な環境に、貴志は幸いにも遭遇《そうぐう》したことがない。

だが、篠原は今もその苦しみのまっただ中にいるのだ。

彼の端整な面差しから眼鏡をはずし、髪をぐしゃぐしゃに乱せば、どんなトラブルもねじ伏せるリョウが現れる。

――俺はあなたの中に潜む裏の人格を知っている。リョウと名乗るあなたの別人格と何度も抱き合ったことを知ったら、あなたは本当におかしくなってしまうかもしれない。だから、俺はなにも言わない。あなたとリョウがこれからどうするか、俺は見守っていきたい。

「……支えになりたいんだ」

篠原にとっても、リョウにとっても自分というのは鬱陶しい存在だろうなと苦く笑いながら、見守っていた。

テレビのボリュームをさらに絞《しぼ》った。

篠原のワイシャツの胸がかすかに上下しているのを見つめているうちに、貴志の緊張《きんちょう》もゆるゆるとほどけていく。

自分のすぐそばで、篠原が熟睡してくれているという事実が胸を甘く疼かせる。

篠原に抱くのはけっして恋愛感情ではないが、出会ったばかりの頃とは確実に違う、『なにか』が自然と育《はぐく》まれていた。

「秘密は守る」

囁《ささや》きが、篠原の中にいるリョウにも届くことを願っていた。

リョウを想ってもどうにもならないとわかっているが、忘れることもできない。

この身体の中に何度も深く挿ってきたリョウの仕草や熱、言葉の数々を篠原の寝顔に重ね合わせているうちに、貴志もつられて眠り込んでしまった。

ここしばらく感じたことのない、快《こころよ》い静けさと眠りに浸《ひた》っていた時間はどれぐらいだろう。温もりが遠ざかるような、うつろなものを感じてハッと目を覚ましたときには、もう篠原の姿はなかった。

壁にかけておいた彼のジャケットもない。

「あ……」

慌ててあたりを見回すと、ローテーブルに、ちぎったメモ用紙と数枚の紙幣《しへい》が置かれていた。

『ありがとうございました　篠原亮司』

綺麗な字を書く男なのだと今さらながらに知った。

「……金なんか、いらないのに。起こしてくれればよかったのに……」

走り書きをしていた間、篠原はどんな顔で自分を見ていたのだろう。金を置いていくことで、彼なりの防御ラインを守ったのだろうか。

ハゲタカのような新聞記者とは一線を引くということか、と無意識に己を嘲る貴志はため息をつき、篠原が残していったメモをぼんやりと見つめていた。

守りたい、支えたいと心から願うのに、なに一つ形になっていない。

リョウにも、篠原にもついていけない自分が不甲斐《ふがい》なかった。

「どうだ、その後は」

同僚の浅川に問いかけられたのは、篠原を部屋に招いた数日後のことだった。

貴志が文芸部での原稿を書き終え、昼食がてら外に出ようとしたところを、一階のロビーで会った浅川に呼び止められたのだ。

「なんか進展はあったか？　長山さんに聞き込みしたんだろ」

「ああ、うん、した」

「情報提供したのは俺だ。表層でいい、どうなってるか教えろ」

「どうして。浅川も今さらになってあの事件を追い始めたのか？」

「そうじゃない。ただ、一度おまえに手を貸したからには、どこまで物事が進んでいるか知っておきたいんだ。おまえは、保身をはかってるんだと笑うかもしれないがな」

皮肉《ひにく》混じりに笑う浅川を見つめ、貴志は首をゆるく振った。

「いや、それは……当然だと思う。浅川が情報をくれなかったら、俺は途中で諦めていたかもしれない。わかっている範囲で話すよ。外に出よう。どこかウチの社の人間が少ないところで話そう」

「だったら、ちょっと張り込んで懐石《かいせき》に行かないか。昼食としてはいい値段かもしれないが、落ち着いて話せる」

「わかった」

社を出てタクシーを拾い、行く先は浅川に任せた。車窓から見える青空が高く、遠く透きとおっている。

そういえば文芸部で書いてきた原稿にも、『残暑の厳しい九月に入り……』という一文を入れたなと、ふと思い出した。

前はもっと、月日の移り変わりに神経質だったように思う。

しかし、篠原亮司＝リョウと出会ってからは、彼の存在を中心にして貴志の毎日は動いている。社会部の現役だった頃には考えられないような心の変化だ。

――前ならもっとスピーディーに、来る事件来る事件をドライにさばいていた。一つの出来事に集中することはあっても、ここまで深く、長期間にわたってのめり込むことはなかったのに、リョウに出会ってからすべてが変わった。あいつの一挙手一投足《いっきょしゅいっとうそく》から目が離せない。

心理的な変化は、見た目にも影響《えいきょう》するのだろうか。

社から車で二十分ほど離れたところにある、こぢんまりとしていても風格のある日本料理屋の個室に案内され、「一杯だけ」と言う浅川に勧められたビールグラスを軽く触れ合わせたときだった。

「貴志、おまえ、ちょっと変わったな」

「そうか？　自分じゃ……よくわからないな」

胸の裡《うち》を見透《みす》かされたような気まずさに、貴志はきめ細やかなビールの泡《あわ》を啜《すす》った。

向かいに座る浅川は黒い卓に肘《ひじ》をつき、「変わったよ」と笑いながらビールを呷《あお》る。

「社会部にいた頃はもっとつっけんどんで、嫌な野郎だったよ。入社以来エリート街道まっしぐらで、人の話をまともに聞かないし、自分の調べてきたことだけを優先してきた。だから、俺をはじめ、おまえを嫌う奴は結構いたもんだ。誰よりもいい仕事をするってことは、みんなよくわかっていたから、まあ当たり前に鬱陶しがるし、妬《ねた》むよな」

「浅川……」

わかっていたことだが、そんなにも嫌われていたのかと知ると少し胸が痛い。

だが、仕方がない。たった数か月前までは浅川の言うとおり、他人と歩調を合わせることなど毛筋ほども浮かばなかった。

大きな事件調査にあたるときに数人とチームを組んでも、貴志はほぼ単独行動を貫いていた。当時の上司と、貴志自身の実績がそれを許してくれたのだ。

しかし、今となっては自分を過信していたのだとわかる。

上司の不正に巻き込まれ、誰も救いの手を差し伸べてくれなかったのは当然の流れだ。

――俺が周りを信用していなかったから、助けてもらえないのも当たり前だ。

「そういうおまえがバカ上司の失敗に巻き込まれて社会部を追われたときは、せいせいしたぜ。仲間内で祝勝会を開いたぐらいだ」

「……ああ、そうだろうな。浅川にも相当嫌われていたしな」

「わかってたならいいさ。俺とおまえが犬猿《けんえん》の仲だってのは社内中が知ってる話だ」

嫌みたっぷりに笑う浅川はシャツの袖をまくって逞しい腕を組み、「……でもな」とため息をつく。

「おまえが抜けた後の社会部は結構大変な目に遭ってる。俺としては、おまえみたいな単独行動派は今でも許したくない。だけど、リスクもなにも考えずにとにかく率先して情報を集めに行こうとする奴は、貴志以外にいない。だから、俺は一連の情報をおまえに託《たく》した」

「そうか……。悪かったな、面倒かけて」

「俺が渡したのは、篠原警視と海棲会に繋がる電話番号、それから、長山さんの入院先の三つだ。これらがどう繋がったか、教えろ」

綺麗に整った料理がゆっくりと運ばれてくる間、貴志はまず篠原と接触を図ったこと、そこからさらに海棲会へ乗り込んだことを話して聞かせた。

もちろん、不動やハオに陵辱《りょうじょく》された事実は伏せた。

リョウの存在も伏せた。篠原が二つの人格を使い分けている事実はなんとしてでも伏せたかった。篠原自身が知らない事実でもなんとしてでも伏せたかった。

浅川には独自の情報ルートがあるだろうから、いずればれるときが来るかもしれないが、ぎりぎりまで黙っておきたかった。

しかし、結果的に竜司のことは話さねばならなかった。篠原と海棲会が繋がっていることはともかく、長山が誰に暴行されたのか明らかにさせておかなければ、話に齟齬《そご》が生じてしまい、いらぬ疑いを浅川に持たせてしまう。

「篠原警視に……双子の兄がいたっていうのか？　本当に？　聞いたこともない」

篠原と一卵性双生児《いちらんせいそうせいじ》の竜司のことを明かすと、浅川は食べるのも忘れて目を丸くしている。

「浅川がそう言うのも無理はない。竜司の存在は、この十六年間、篠原家が家名を懸《か》けて隠しとおしてきたんだ。どうしてかって一言でいえば……竜司は、性格異常者だからだ。医者と助手が殺された事件、あれは竜司がやったことだ」

「じゃあ、今も竜司は逃走中か」

「そうだ。身内の事件だけに篠原警視も表沙汰《おもてざた》にできないらしい。でも、全力で追っている。手がかりはいくつか見つかっているから、竜司が捕まるのも時間の問題だと思う」

ハッタリをきかせてみたが、実際のところ竜司がそう簡単に捕まるかどうか貴志も自信がなかった。

「どうして、竜司という男は十六年間も幽閉《ゆうへい》されてきたんだ？」

食欲が失せたらしい。食べるのをやめた浅川が煙草をくわえる。

「篠原警視と双子なら、今、俺たちと同じ、三十歳だな。十六年前というと、十四歳のときから竜司というのは社会から断絶されていることになる。どうしてなんだ？　そうなったきっかけは？」

さすが、社会部の現デスクらしい鋭い突っ込みだと怯《ひる》んでいる場合ではない。少しでも引っかかりのある言葉を聞き取ったらすぐさま問い返すのが新聞記者の習性だ。

貴志はしばしためらった。

十六年前の事件は、まったく記事になっていない。当時は、篠原の祖父が政治家として絶大な権力を誇《ほこ》っていた頃だ。

身内が引き起こした凄惨な事件がちらっとでも漏れ出れば、政治家としての生命も、篠原家の命脈も絶たれると一族は感じたのだろう。

――竜司は、篠原家の大事な跡取りのひとりであったことには間違いない。竜司が生まれつき残虐性《ざんぎゃくせい》が高い性格だったとしても、家族からしてみたらまだ矯正《きょうせい》の余地はあると思えていたのかもしれない。だから、外部の病院には預けず、屋敷の一角に隠し込んで口の堅《かた》い医師をつけた。でも、それが裏目に出た。薬物治療は竜司には効かなかった。もともと薬に強い体質なのかもしれない。思いきって竜司を殺すことが篠原家もできなかったんだろう。彼の欲望をコントロールするために、海棲会に女の配達を依頼し、二十四時間監視を続け、医師による治療も続けていた。なのに、竜司はとうとう檻《おり》を逃げ出してしまったんだ。

篠原とそっくりな顔立ちで、暗黒面しか持たない竜司を思い描き、ぶるっと身体が震えたのを浅川も見落とさなかったのだろう。

「貴志、なにか知ってるんだな。篠原竜司は十四歳のときになにをしたんだ」

冷静な声から逃げることはできず、つかの間、貴志は目を閉じて深く息を吸いこんだ。

ここでへたな嘘をつくと事がこじれる。

後々面倒なことになると瞬時に判断し、真正面に座る同僚を見据えた。

「事がハッキリするまで、どうか内密にしてほしい。篠原家をかばっているわけでも、篠原警視に肩入れしているわけでもない。竜司はあまりに危険な存在で、身柄を確保するまでは表沙汰にしないほうがいいと思っているんだ」

「どんな男だ」

「十六年前、篠原家に仕えていた若いメイドが乱暴されたうえにめった刺しにされて殺されている。それ以前にも、周囲で不審《ふしん》な暴行事件が相次いでいる。長山さんの孫娘も、被害者のひとりだ。当時の事件はまったくニュースになっていない。篠原家に揉み消されたんだ。だけど、この間の医者殺しまでは防げなかった。マスコミに情報を漏らしたのは、孫娘を奪われた悔しさを今でも覚えている長山さんだろうと俺は推測している」

「じゃあ、長山さんが襲われたのは……」

「逆恨みした竜司の仕業だと思う。幸いにも長山さんは命は取り留めたが、何者かに襲われた際に、『目障りなんだ、おまえは。昔から』と言われたらしい」

「そんなことが……あったのか」

浅川のくわえ煙草の先からほろりと灰《はい》が落ちる。

「……十四歳で人を殺した竜司というのは、今までずっと隠れていたのか」

茫然《ぼうぜん》としたその様子に、「浅川」とそっと声をかけると、びくっと顔をはね上げた浅川が長い灰になった煙草に気づき、しかめ面で灰皿にねじ潰《つぶ》す。それから両手に顔を伏せた。

「まさか、そんな酷《ひど》いことが今まで伏せられてたなんてな……。その……殺されたメイドの家族はどうしたんだ。黙ってないはずだろう」

「そこまでは俺もまだわからない。でも、当時の篠原家の威光《いこう》を考えたら、莫大《ばくだい》な金で口封じをしたんじゃないかな」

「周囲で起きた暴行事件のほうは？　長山さん以外の被害者や、家族からの抗議はなかったのか？」

「当然あっただろうな。でも、それだって、篠原家がもみ消したんだろう。結局どの事件も報道されていないから」

「本当か？　今でも竜司や篠原家に恨《うら》みを持っている奴が長山さんの他にもいるんじゃないのか？」

「さあ、……どうだろう、いるとは思うが……確証はない」

「いたら、どうするんだ」

「どうすると言われても」

狙《ねら》い澄《す》ますような視線を受けて、貴志は口ごもった。

話の途中から浅川の態度が微妙に変化しているような気がしたが、穿《うが》ちすぎだろうか。

興味がある話題に即座に食いつく記者の目を、貴志は仕事柄、よく知っている。

以前、海棲会について情報を提供してもらった央剛舎の『週刊央剛』に所属する小林も、粘り強い好奇心を窺《うかが》わせる目をしていた。

——でも、今の浅川はどうなんだろう。俺から聞き出したいことが、他にあるような口ぶりが気に懸かる。

繊細《せんさい》な話題だけに、神経が逆立っているのかもしれない。

落ち着くために貴志は仲居を呼び、熱いお茶を二つ頼んだ。

食事を始めてからそろそろ二時間になろうとしているが、浅川が腰を上げる気配はない。お茶を運んできた仲居に灰皿を取り替えてもらい、新しい煙草の封を切っている。

「貴志、おまえならどう考える？　数人も殺した竜司という男は、今もどこかに逃亡中だ。俺たちが摑んでいるのは名前と生い立ちだけ。顔は篠原警視とそっくりだというが、そんなもの整形してしまえばどうにでもなるかもしれない。こんなに手がかりが少ない状態で、おまえは竜司を捕まえられるか？」

「わからない。でも、篠原警視の言葉を信じて、絶対に捕まえないと」

浅川の視線がより厳《きび》しくなった。

「……竜司に恨みを持つ人間はどのぐらいいるんだろう。十六年も幽閉するなんて、篠原家も手の込んだことをやる。竜司がそれだけ凶暴な男だという証拠か」

貴志に問いかけつつも、答えを期待していない浅川の浮かない表情に、仄暗《ほのぐら》い予感ばかりがよぎっていく。

今さらだが、なぜ、浅川は手を貸してくれたのだろうか。

さっき彼が言ったとおり、浅川とは入社以来、まったくそりが合わなかった。

浅川が貴志に対して『エリート面しやがって』と舌打ちしていたなら、貴志も戦地帰りの勢い風を吹かして、知ったかぶりな浅川が気にくわなかった。

つまるところ、同族嫌悪《どうぞくけんお》、というものなのかもしれない。

それが、今回の事件をきっかけに互いの距離を縮めた。

最初は、貴志から近付いた。篠原警視にまつわる情報がどうしても欲しくて、古巣の社会部を訪ねたとき、たまたま相手をしてくれたのが浅川だった。

気の合わない同僚に頭を下げるのは屈辱以外のなんでもなかったが、こっちは今や政治とも殺人事件ともまるで関わりのない、平穏《へいおん》な日常を伝える文芸部所属だ。

現在進行形の事件についてアドバイスしてくれる相手を選べる状況ではないと一抹《いちまつ》の悔《くや》しさを嚙み締めながら、貴志は浅川に篠原警視についてあれこれと訊《たず》ねた。

――あそこで初めて、俺は篠原さんのプライベートナンバーを知ったんだ。篠原さんは表舞台に出てこなかったのに、白金台の医者と助手殺しで初めて捜査現場に姿を現した。そして、新聞記者を含め、事件を追うごく少数の人間だけに直通の電話番号を教えた。それまでの篠原さんはきっと、警視庁の一室で惨《むご》い事件をスクリーンやモニタに映して、被害者や加害者をカードのように並べて、他人事みたいに人員配置や推理《すいり》を組み立てていたんだろう。そんなガラスの城が、身内の――竜司の犯罪ですべて崩れたから、外に出てこざるを得なくなったんだ。

篠原がどんな想いで現場に駆けつけたのかと考えると、胸が締め付けられる。

ついこの間目にした、穏やかな篠原の寝顔が忘れられないのだ。

――あの中に、リョウもいたんだ。篠原さんの中で、リョウも眠っていたんだ。俺の部屋だったら、篠原亮司＝リョウを脅かす出来事は一切ないとわかったから、『彼ら』は安心して眠ってくれたんだ。

これ以上いたずらに物思いに耽っていると思考回路が鈍《にぶ》る一方だから、貴志は嫌々ながらも目の前の現実に意識を戻した。

「……浅川、おまえはどうして俺に協力してくれてるんだ？」

「協力？」

「篠原警視の電話番号だけじゃない。……かいせ――」

言い終える前に、卓の隅に置いていた携帯電話が鳴り出した。「すまない」と詫《わ》びて液晶画《えきしょうが》面《めん》を確かめた瞬間、心臓がどくんと音を立てた。

「貴志、どうした？」

「いや、悪い。仕事の用件だ。ちょっと外で話してくる」

「わかった」

顔を引きつらせず、ごく自然な動作で廊下に出るのは至難《しなん》の業《わざ》だった。急ぎ足で浅川といた個室からだいぶ離れたところで、「もしもし」と話しかけると、『遅い』と不機嫌《ふきげん》な声が聞こえてきた。

「ハオ、……なんだ、急に」

『おまえは俺に口答えできる立場じゃない。わきまえろ。竜司の手がかりは摑めていないのか。

会長が苛立《いらだ》っている』

電話をかけてきた相手は、その名をまさしく浅川に告げようとしていた海棲会のトップに立つ不動の右腕、ハオだ。

「仕事中で、人と会ってる最中なんだ。喋《しゃべ》っている閑はない。手がかりはまだ摑めてない」

『本当か？　万が一竜司を隠そうとしたらおまえを殺す』

「しない、そんなこと！　本当になにも摑めてないんだ」

『篠原亮司からなにか引き出せたか』

「なにもまだ……」

言いよどんだものの、電話越しにハオが疑ってかかっているのは十分に伝わってくるので、少しだけ真実を明かすことにした。

「篠原警視が、竜司と双子であることは認めた。ただ、警視たちも竜司の足取りは追えていないみたいだ」

ため息をつくと、ハオが皮肉めいた笑いを漏らす。

『……フン、この国の人間は気楽だな。竜司が殺したのはたった三人だからか。何十人も殺せば警察や報道機関は動くのか』

「物騒なことを言うな」

『本当のことを言ったまでだ。俺は、実際に何十人と殺される場面に――』

ハオの冷えた声が奇妙に掠れ、途切れた。

「ハオ？　なんだ、言いかけてやめるな。何十人も殺される場面に、おまえ……」

『うるさい。今のは忘れろ』

切って捨てたハオが、『今、大事なのは』と乾いた声で続けた。

『竜司を捕まえることだけだ。あいつは狂犬《きょうけん》だと会長が何度も言っている』

「不動が……」

『狂犬は捕まえて殺すか、絶対に出られない檻に閉じ込めるべきだ。――いいか、おまえがうまく動けなかったら、あのときのおまえの醜態《しゅうたい》を録画したテープが世の中に出回る。もしおまえが俺たちを裏切るような真似をしたら、即座に捕らえて死ぬ寸前まで意識を保ったまま嬲ってやる。どういうやり方か、この電話で教えてほしいか』

怜悧《れいり》な美貌《びぼう》のハオと屈強《くっきょう》な不動に味わわされた、想像を超える激痛と屈辱と快感が一気に蘇ってきて、頭の中が沸騰《ふっとう》しそうだ。

「やめろ。……わかった、情報を摑んだら電話を入れる。もう切る、人を待たせてるんだ」

悔しいが、今の時点ではこう言うしかなかった。するとハオが楽しげに笑った。

『おまえが死んでも俺は困らない。会長もだ。おまえの替えなんていくらでもいる。油断するな、貴志。世の中は罠だらけだ。おまえは、今、誰と会ってる？』

ぶつりと電話が切れた。置いてきぼりを食らった貴志はぼんやり突っ立ったままだった。

『おまえは、今、誰と会っている？』

今し方聞いたばかりのハオの言葉が何度もこだまし、急速に疑惑《ぎわく》の熱い塊になって胸に広がっていく。

——どうして俺は疑わなかったんだ？

背中にじわりと熱い汗が滲《にじ》み出すのを感じながら部屋に駆け戻り、襖《ふすま》を開くと、座椅子にもたれて煙草を吸っていた浅川と目が合った。

彼も、ちょうど携帯電話を切ったばかりのところだった。

誰と話していたんだ、と聞きたかったが、胸が詰まって声にならない。

「あさ、かわ……」

「なんだ、息を切らして。そっちの用件はすんだのか」

悠々《ゆうゆう》と答える浅川が、もしも不動の手先だったら。

どうしてその考えが今の今まで浮かばなかったのだろう。

リョウ自身、言っていた。『誰かが不動か竜司に寝返る可能性がある』と。

浅川がもし、自分よりも遥《はる》かに早く、この件に噛んでいたとしたら、ここに至るまでのレールを敷くのは簡単だったはずだ。

ハオと喋《しゃべ》っていた間、浅川が不動と直接話していた可能性はおおいにあり得る。

なにも知らずにずかずかと事件の中心に突っ込んできた自分を囮《おとり》にして、不動や浅川、そしてハオたちは別ルートで竜司を追っているのだろうか。

――いや、別の考え方もできる。竜司を捕らえるのが篠原家との約束だと不動は言っていたが、無事に身柄を確保した後、警察に引き渡さず、篠原家から莫大な金をむしり取るネタにすることもできるじゃないか。不動たちは暴力団だ。間違っても慈善団体《じぜんだんたい》じゃない。竜司を匿《かくま》うことを手伝ってきた今までも相当の金をもらっていただろうが、逃げている本人を捕らえて引き渡すとなったら、篠原家はこれから先ずっと、海棲会に脅され続ける立場になるはずだ。

そんなことになったら、あの生真面目な篠原はいったいどうなるのか。

ストレスがますます悪化して、裏人格のリョウですら支えきれなくなったら――その先は考えたくもなかった。

「貴志。どうした？　話がすんだなら帰るか」

薄く笑う浅川に、貴志はぐっとくちびるを引き結んだ。彼とはもう、なにも話したくない。

篠原、竜司、不動、ハオ、浅川。央剛舎の小林も疑ったほうがいいのかもしれない。孫を竜司に汚されて失い、自らも怪我した長山とて、狂言《きょうげん》だった可能性がある。

そしてリョウ。

誰を疑い、誰を信じるべきなのか。

貴志は征くべき先を見失いかけていた。

東京とはまるで違う、秋の涼しい風を浴びながら、貴志は車のハンドルを切った。

浅川との会食から二日後、貴志は一週間の夏休みを取ることにした。

社会部にいた頃は夏休みなんて見たことも聞いたこともなかったが、閑職《かんしょく》に追いやられた今、『一週間休ませてもらえませんか』という申し出はあっさりと受け入れられた。

都心にいると混乱する一方で、気が狂いそうだった。

マンションから車で一時間ほど離れた箱根に、温泉付きの貸しコテージがあることをインターネットで知り、これまでの事件の流れや人物関係をすべて記したノートパソコンと数冊の本、着替えを持って、引きこもることにしたのだ。

最初は普通に三食付きの旅館やホテルに泊まろうかと考えたのだが、誰とも会いたくない。好きなときに起きて好きなときに眠り、食べたいときに食べ、したくないことはしないという、通常の自分からは考えられない、時間に縛《しば》られない生活がしたかった。

箱根の山の中腹に、貸しコテージはあった。

最近できたばかりらしく、見た目も綺麗なコテージの前に車を停め、貴志は数日分の食料を抱えて、業者から渡されたキーで扉を開いた。

「……いい眺めだな」

リビングの外に広がる綺麗な緑の風景に、ほっと息をついた。

陽射しはまだ強いが、山の中腹だけに風は涼《すず》しい。夜は結構冷えるかもしれない。箱根の山は天候が変わりやすいので有名なのだ。

室内をチェックすると、必要な電化製品はほとんどそろっている。

リビング、キッチン、ベッドルームに室内風呂、それとベランダには、小さな露天風呂《ろてんぶろ》まであった。

食料や飲み物を冷蔵庫にしまい、すっきりした室内を見回した。

「これなら一週間以上暮らせそうだな。いっそ、隠居《いんきょ》でもするか」

苦笑いしながら窓を開けて涼しい風を室内に行き渡らせ、まずは熱いコーヒーを入れることにした。

都心から離れたのは、頭を冷やしたかったからだ。関係者のすべてから距離を置いて、ひとり、ゆっくり考えてみたかったのだ。

コーヒーを飲みながら、ノートパソコンを開いて該当のファイルを呼び出したものの、集中力が散漫《さんまん》になってしまう。

逃走中の竜司と被害者である医者と助手以外は、すべて顔写真を入手していた。

今回の事件の相関図を自分なりにまとめたファイルを立ち上げると、重苦しいため息が出てしまう。

　この記事をまとめ上げて世に出せば、一躍《いちやく》スポットライトを浴びることはわかっていても、光の当たらない場所でどれだけ心を痛める人が出るかということに思いを馳《は》せると、キーボードを叩く手も止まってしまう。

　とくに、リョウ＝篠原亮司の写真からは目をそらしたかった。

「今日ぐらいはいいか。せっかく休みに来たんだし」

　呟いて、ノートパソコンを閉じた。

　ひとりの人間の中に二つの人格があり、貴志はそれぞれの人格に異なる想いを抱いていることを認めざるを得なかった。

　同じ年で警察という大組織のトップを目指してひた走っていく篠原の頭の良さと冷たさの裏に隠された思いがけぬ弱さには、どうしてもほだされてしまう。

　対して、その弱さを支えるために生まれたリョウには最初から驚かされっぱなしで、さまざまな恥辱《ちじょく》を味わわされてきた。

　彼を追うことさえしていなければ身体を踏みにじられることもなかったのだが、なぜかリョウを憎むことができなくなっている。

　どうしてなのかと自分に何度も問いかけた。

　どうしてリョウを想ってしまうのだろう。

　篠原を凶暴化させただけの男じゃないかと自分を戒《いまし》めたが、リョウにはリョウならではの苦悩があると気づいてから、憎しみを超えた感情を抱くようになってしまった。

『バカなことを言うよな、おまえはいつも。でも、……そうだな、おまえだけが本当の俺を知るのかもしれないな』

前に抱かれたとき、リョウは苦笑いしながらそう言っていた。

本当の自分というのがどれだけ不安定なものか、リョウもよくよくわかっているのだろう。あくまでもリョウは、篠原という表人格を支えるためだけに生まれたのだ。

篠原の精神状態が安定していれば、リョウの出番はなくなる。用済みということだ。

リョウもそんなことはまったく気にしていなかっただろうが、貴志だけにその存在を知られ、初めてぐらついたのかもしれない。

「……あのときだけは初めて優しくしてくれたよな」

篠原の秘密を解き明かそうとしつこく食いつき、リョウのマンションに引きずり込まれた二回目の夜、貴志は一度は首を絞めて殺されかけた。

だが、実際には気を失っただけだ。

夢かうつつかという朦朧とした状況でリョウに抱かれた。それまでの荒っぽい陵辱とは違い、どこまでも堕ちていくような濃密な快感に二人して耽った。

背骨が熱くたわむような絶頂感を、貴志は何度も味わい、何度も欲しがった。

今思い出しても恥辱が募《つの》り、顔が赤くなることばかりだが、あの執拗《しつよう》な優しさは、篠原亮司本人の根底にあるものなのかもしれない。

ただ、実存する篠原は仕事を全うすることしか頭になく、他人と肌を触れ合わせて息抜きする方法はまず考えないのだろう。

性欲が人並みにあっても、仕事に忙殺《ぼうさつ》されてそれどころじゃないのかもしれない。

その部分もリョウが担《にな》っていると考えてもおかしくない。篠原が持っていて当たり前の情欲を、リョウがコントロールし、暴走させているという予想はあながち外れていないだろう。

篠原が抑え込んでいる暴力的な面を、リョウはすべて請け負っている。

だから、貴志がきわどい部分まで踏み込んだとき、リョウはまず肉体を踏みにじることで脅しをかけてきたのだ。

しかし、貴志が諦めず、篠原とリョウと竜司を結ぶ糸を掴もうと躍起になっていることを知り、呆《あき》れたついでに、ほんの少しだけ心を許したのかもしれない。

それが、あの『おまえだけが本当の俺を知る』という言葉に繋がるんじゃないだろうか。

篠原亮司＝リョウにとって、貴志は秘密をすべて暴こうとする目障《めざわ》りな存在だろう。

だが、けっして悪意があるわけじゃないことだけはどうにか伝わったのかもしれない。

人並み以上の好奇心に踊《おど》らされてネタに食いつくマスコミなんて、篠原亮司＝リョウからしてみたら一番厄介《やっかい》だろうが。

篠原が誰かを抱いている場面を想像しようとしてもうまくいかない。そういうことはリョウのほうがやっぱりしっくりくる。

篠原本人が知ったら憤死《ふんし》しそうなセックスの技巧と深みを、リョウはどこで知り、身に着けてきたのだろう。

なんとなく落ち着かず、貴志はソファに横たわった。腰の奥がじわりと疼くことから意識をそらしたいのに、リョウに迫られたときのことを嫌でも思い出してしまう。

「いつも……勝手に手を出してくるんじゃないか。俺は無理やり感じさせられているだけだ」

ソファのクッションに熱い頬を擦り付けた。

自分ひとりしかいない空間に、独り言は虚《むな》しく響く。

リョウに教え込まれた深い繋がりが、今、欲しかった。

身体の中はどこもかしこも閉じているのが当たり前だが、リョウだけが秘めた場所を貫いてきて、熱っぽく潤う場所があるのだと貴志に知らせるのだ。

あんな交わり方を一度でも知ったら、自分の中にはつねに空洞《くうどう》があるんじゃないかとさえ錯《さっ》覚《かく》しそうだ。

ハオや不動とも接触したと漏らしたとき、リョウは態度を一変させ、立て続けの快感でほとんど体力を奪われていた貴志をさらに組み敷いてきた。

『俺のやり方が気に入ったか?』

それまでは他人のことなど欠片《かけら》も気にしていなかったリョウに粘り強く迫られ、濃くて甘い口淫に貴志は泣かされた。

――あんなことを、篠原さんはするんだろうか。しない、絶対にしない。リョウだからこそ、するんだ。篠原さんがタブーとしていることを、リョウは軽々と乗り越える。あらゆる暴力沙汰に慣れている。同性とのセックスも厭《いと》わず、ひたすら純度の高い絶頂感を追い求めてくる。竜司が純粋《じゅんすい》な狂気に取り憑《つ》かれた人間なら、リョウは純粋な快感を欲しがる人格だ。

昂ぶる興奮をどうすることもできずに、貴志は舌打ちして眼鏡をむしり取り、ギュッと瞼を閉じた。

「……くそ……」

ジーンズの前に触れると、ガチガチに張り詰めている。

乱暴にそこを揉みしだいてしまいたい衝動を必死に抑え、身体を丸めてジッパーを下ろし、下着の中に両手をもぐり込ませた。

「ん、……は……っぁ……」

ぬるぬるになった亀頭が窮屈《きゅうくつ》な下着の縁《ふち》に引っかかるだけで熱っぽい吐息が漏れてしまう。

リョウがここをどんなふうに触ったか、鮮明に思い出せる。

片方の手で根元をしっかり掴み、もう片方の手で勃ちきった先の割れ目を刺激し、充血したそこからトロッとした滴《しずく》が滴《したた》り落ちると、滑《すべ》りのよくなった肉棒全体を擦り上げてくるのだ。

「……あっ……」

くびれのところを輪っかにした指でくちゅくちゅと締めたりゆるめたりするのが、リョウのやり方だと思い出し、なんとか似せようとしてみたのだが、うまくいかない。

自分の気持ちいいところは自分が一番よく知っているはずじゃないかとむきになってみたものの、リョウにしてもらったほうがやっぱり気持ちよかった。

そう認めた瞬間、どろっと熱い火のような快感が身体の奥底から噴《ふ》き上げてくる。

「――リョウ……っ！」

名前を口にするとますます官能が深みを増し、貴志を絶頂に追い詰める。

激しく両手を動かして一気に昇り詰め、びゅくっと白濁を弾けさせながら全身を震わせた。

「……ぁ……リョウ、リョウ……」

達したばかりなのに、物足りない。

性器を弄って気持ちよくなるだけではもう満足できないのだとわかり、泣きたくなる。

「……くそ、畜生《ちくしょう》……なんで……こんなことに……！」

熱い涙がこめかみを伝い、ソファに染み込んでいく。

リョウに貫かれる悦びを知ってしまった。

硬く、長大なリョウの雄を、性器ではなかったはずの狭い窄まりの奥深くまで受け入れる屈辱が、いつの間にか、たまらない快楽に変わっていたのだ。

骨っぽい手で掴まれた尻に太竿をねじ込まれて揺さぶられる苦しさと、下腹がねっとりと狂おしく疼く快感は言葉にならない。

柔らかに蕩けた肉襞がリョウに絡み付いて引き留めてしまう淫猥な震えを、貴志は覚えていた。忘れたくても忘れられるはずがない。

リョウに犯される憎しみだけを極めていけば、ここまで追い詰められなかった。

どこかで間違って、彼の生い立ちに情を寄せてしまってから、この身体の中にも埋《う》めようのない空洞を感じるようになってしまった。

――リョウがここにいてくれれば。リョウと話すことができれば、このもどかしい気持ちにケリをつけられる気がするのに。でも、会ってなにを話すんだ？　あの男は、篠原さんの闇《やみ》の部分を支えるためだけに生まれてきた、人格の一つだ。いわば、篠原さんの仮面みたいなものに惚《ほ》れてどうする。社会的に認められているのは篠原さんであって、リョウじゃない。

惚れる、というバカバカしい言葉に胸が切なく疼く。

貴志は身体を起こして濡れた下肢をティッシュで拭い、のろのろした足取りで備え付けの冷蔵庫に入れておいた缶ビールを取り出してひと息に呷った。

表面的な渇きは鎮まっても、身体の奥に凝《こご》る飢《う》えは刻々と増していく。

後ろめたさから逃げたくて、貴志は続けざまに缶ビールを空にした。中途半端《ちゅうとはんぱ》な快感の名残《なごり》が強すぎて、まったく酔《よ》えない。

新しいウィスキーのボトルの封を切って口をつけたところで、半ば自棄気味《やけぎみ》に携帯電話を手にし、今まで一度もかけたことがない番号を表示させ、通話ボタンを押した。

案の定、相手は出ず、留守番電話に切り替わった。

素っ気ないアナウンスの途中で切ってしまおうかと思ったが、結局、話しかけていた。

「——俺だ。今日から一週間、休みを取って箱根にいる。ここの住所は……」

伝言を残して電話を切り、——いったい、なにをしているんだろうと重いため息をついた。

呼びかけたところで、簡単に応《こた》えるような相手じゃないことはよくよくわかっているのに。

室内の風呂に湯を張り、みっともない自《じ》慰《い》の後始末をするとともに、頭のてっぺんから足の爪先《つまさき》まで徹底《てってい》的《てき》に洗った。

タオルで擦りすぎたせいか、肌が赤く火照り、自分の指が掠めるだけでも言いようのない痺れが走り抜ける。

なにも考えたくなかった。酔いに任せて眠ってしまえとウィスキーをさらに呷りながら室内をうろついた最後に、ゆったりしたベッドに倒れ込んだ。

枕元には、眠る前の一時を穏やかにするためのアロマオイルとポッドがサービスで置かれていた。

けれど、そんなものを使う気分ではなかった。

「誰があんな男……惚れるか……」

りー、りー、とコオロギが遠くで優しく鳴いている。他には物音一つしなかった。

酔いと混乱が混ざり合う中で眠り、どれぐらいの時間が過ぎたのか。

コオロギの鳴き声がぱたりとやんだ。少し遅れて、貴志はふっと目を覚ました。

真っ暗な室内の空気が動いた気がしたのだ。

「……なんだ……？」

手探りでベッドヘッドの灯りをつけたとたん、浮かび上がったシルエットにはっと息を呑んだ。

「ど、どうして――ここに……」

ベッドの端に腰掛けていた男が肩越しに振り返り、口の端《はし》を吊《つ》り上げる。

「おまえが呼んだんだろう？　わざわざ留守電まで残してたじゃねえか。来てやったことに礼ぐらい言えよ」

「……リョウ、……なのか。本当に、リョウなのか……？」

「篠原亮司じゃねえのは確かだな。あいつは今、俺の中で眠ってる」

髪をくしゃくしゃにして眼鏡を外した篠原亮司の別人格、リョウがすぐそばにいることがにわかには信じられなくて、思わずそっと指を伸ばして彼の背中に触れた。

「本物なのか……」

「夢を見てるとでも思ってるのか？　バカだな、貴志。本物だ」

可笑しそうに肩を揺らすのは、確かにリョウだ。

どうして彼がここにいるのか、理由は簡単だ。眠る前に、リョウが以前教えてくれたプリペイド形式の携帯電話に伝言を残しておいたのだ。

あの番号だけが、唯一、篠原ではなく、リョウと繋がれる連絡手段だった。

「俺は……もしかしたら、今まで……おまえの存在を信じてなかったのかもしれない。篠原さんが演技してるんじゃないかって疑ったこともあったんだ。でも、リョウは……本当にリョウなんだな」

篠原亮司の状態で会っていたときとは対照的に、シャツの袖をまくり上げ、傷跡を平然とさらしているリョウは笑っているだけで、なにも言わない。

「俺が電話をしたことに、リョウはすぐ気づいたのか？　おまえが出てくるのは、篠原さんが精神的に不安定なときだけじゃないのか」

「すぐには気づかなかった。でも、前にも言ったとおり、亮司はここ最近ずっと神経が尖っていて睡眠が浅い。俺の携帯電話の着信メロディは亮司のものと同じにしてあるが、一音だけ変えて、音量も最小限に絞ってある。普段、この携帯はあいつが知らない場所にしまってある」

そう言ってリョウはシャツの胸ポケットから携帯電話を取り出す。

「この番号を知っているのは、貴志、いまのところおまえだけだ。一音だけ違うメロディの携帯電話が鳴って、眠っている亮司の中の俺が目を覚まして伝言を聞き、ここにいる。納得したか？」

「した……ような、できないような……」一音だけ変えたメロディでリョウが出てくるなんて。……そこまで篠原さんの眠りは浅いのか？

「そういうことだ。俺は本来、亮司が自分自身をコントロールできなくなった場合のみ出現している。俺を操る権限は今まで亮司にしかなかったんだが、貴志もよく考えてみろ。こんな状態は不公平だと思わねえか？　別人格だろうが裏人格だろうが、俺自身の意思で行動したいこともある。そのためにこの携帯電話を契約しておいたんだ」

リョウの一語一語が意識に染み渡る頃、貴志はかすかな恐怖を感じ始めていた。

――篠原さんの裏を支えていたリョウという人格が独立した意思を持って、行動し始めているんだ。

挑発《ちょうはつ》するような視線のリョウが、危ういほどに顔を近付けてくる。

「『俺』の引き金を引いたのは、貴志、おまえだぜ」

「リョウ……」

「亮司はおまえに対してそれなりの信頼感を抱き始めているが、信じ切れるわけでもない。あいつには昔から敵が多すぎて、他人を信じることが難しいんだ。――でも、俺は違う。亮司と違って臆病者《おくびょうもの》じゃねえんだよ」

嘲るような声音に神経がささくれる。

「篠原さんのことをそんなふうに言うな。あの人はあの人で、つらい思いをしてるんだ」

「俺を前にして、亮司をかばうのか。いい度胸だな。おまえ、俺を呼び出した理由がなんなのか、ちゃんと自分でわかってるか?」

くちびるが触れそうな距離で囁いたリョウはパッと身を起こし、すたすたと寝室を出て行ってしまう。

「待てよ、リョウ!」

ベッドから転げ落ちるようにして貴志は後を追った。

「俺は——おまえに会って話がしたかったんだ。俺のほうでもいろいろと不安なことがあって……ここに来てくれたことには、礼を言う。わざわざ、ありがとう。すまない、忙しいのに。リョウが動くと、篠原さんにも負担がかかるとわかっていたけど、……おまえに会いたかったんだ」

「そうか、光栄だな。それはそうとなにか食えるものはあるか。腹が減ってるんだ」

さらりといなすリョウは、やはり篠原より格段に手強《てごわ》い。

話のポイントをずらすのは篠原もうまかったが、リョウは最初から相手にしてくれないことも多々ある。

「……なにがいい? 手早く作るならレトルトのカレーとレンジで温めるごはんがあるけど」

「色気がねえな、まあいいかそれでも。あーあ、腹減った。さっさと食べようぜ」

図々しいが率直なリョウの言葉に、苦しかった胸がふっとほぐれる。

貴志は小さく笑い、食事の準備をした。

キッチンの壁にかけられた時計を見ると、午前二時を回っている。

貴志がこのコテージに来たのが昨日の午後四時頃。

それから益体《やくたい》もないことで時間を潰し、リョウに電話をかけたのは確か十時過ぎだったように思う。

そのときすでに篠原は早めにベッドに入っていたのかもしれないが、携帯電話が鳴ったことでリョウが目を覚まし、とりあえず車で駆けつけたのだろう。

「……リョウ、車で来たんだよな」

「ああ、そうだ。コテージ前に停めてある。亮司がいつも使ってるベンツじゃないから安心しろ。なにかあったときのために、俺が使えるように古い型のフェアレディZをレンタルスペースに預けてあるんだ」

「もちろん、その車を所有していることも篠原さんは……」

「知らない。でも、見た目にはひとりの人間だからな。万が一、運転免許証の提示を求められても慌てずに対処できる自信はある」

「そうだろうな……。おまえなら、それぐらい簡単だよな」

「なに拗《す》ねた声出してんだ。俺がそばにいるのが嫌ならそう言え。こっちだって閑な身体じゃない。帰るぜ」

「違う！　悪かった、違うんだ。その、リョウは……俺と違って行動力も決断力もすごくあって、振り回されるんだ。たまに、ついていけない自分が悔しい」

「ふぅん、俺についてこようという気概《きがい》はあるんだな？」

「……一応」

どうでもいい言い合いをしているうちにレトルトのカレーとごはんが温まった。コンソメのカップスープもおまけにつけてみた。

「今日はこんなものしか出せなくてごめん。一応、食材は買ってきてあるから、もうちょっと時間があればなにか作れるんだけど」

「いい、構わない。おまえの手料理ってのも興味あるが、今は腹一杯にするほうが先だ。亮司がストレスであんまり食わないのは、おまえもよく知ってるだろ」

「うん」

テーブルにカレー皿とスープの入ったカップ、水を置いてやった。

早々に食べ始めようとするリョウの向かいに腰掛けようとすると、「こっちに来い」と手招きされた。

「なんだよ」

「ここに座れ」

「ここって……おまえの膝に、か？」

椅子《いす》に座り、両腿《りょうもも》を軽く開いたリョウの指示に耳たぶまで熱くなる。

「そうだ。いいか、誰のために深夜の箱根まで車をぶっ飛ばしたと思ってんだよ。この俺が他人の言うことを聞いてやるなんて生まれて初めてだぜ」

「おまえの元は、篠原さんだろうが」

「あいつも他人の命令は聞かないタチだ。いいから座って、俺にカレーを食わせろ。こっちは疲れてんだよ」

ぞんざいに言う男の声にはなぜか抗えない迫力があって、仕方なしに貴志はリョウに背中を向けた状態で彼の膝に腰掛けた。

それだけで、体温が跳ね上がるんじゃないかと錯覚してしまう。

「ほら、早く」

急かすリョウを肩越しに睨《にら》みつけ、スプーンですくったカレーを少し冷ましてから、彼の口に運んでやった。

間近でリョウの口元や、ごくりと咀嚼する喉の動きを見ていると、どうにもいたたまれない。

篠原とはまったく違う、肉感的な食べ方をするリョウは水を飲み、わざとしているんじゃないかと思うほど、艶《なま》めかしい舌を大きくのぞかせて食事の続きを催促《さいそく》する。

腹が減っていたのは本当だったようで、大皿に盛ったカレーがあっという間になくなった。

「まだ食い足りない」と素直に言うリョウに苦笑し、貴志はいったん席を離れ、買い置きの食材の中にあったリンゴの皮を剥き、八つに切り分けて皿に盛って戻った。

みずみずしい香りは、リョウも気に入ったようだ。

「へえ、リンゴか。最近あまり食べないな。食わせてくれよ」

「わかってる」

フォークで突き刺したリンゴをリョウの口に運ぼうとした瞬間、大きな手でくるみ込まれて驚いた。

「リョウ、なにして……」

頑丈《がんじょう》な白い前歯がリンゴを噛み砕《くだ》くのを唖然《あぜん》と見ていたら、今度は逆の手で顎を掴まれ、くちづけられた。

「……ん……っ！」

とろりとした甘い汁が混じった唾液とリンゴの欠片を口移しされ、一瞬身体が強張《こわば》るほど驚いたのだが、火照った身体に爽《さわ》やかな果実が素早く染み渡っていく。

舌を甘く吸われ、くちづけられながら、貴志はリンゴを細かく噛んで飲み下した。

抵抗したい、でもしたくないという相反する想いが交錯していた。

「おまえが欲しそうな顔してたから、わけてやったんだよ。美味しいだろ」

「……美味しい……」

本音を漏らすと、リョウが可笑しそうに笑った。

新鮮なリンゴの果汁が渇いた喉を潤してくれる。

さくさくと歯触りのいいリンゴから染み出す甘酸っぱい味と、リョウの肉厚で長い舌に口内を貪《むさぼ》られる心地良さがない交ぜになって、理性を少しずつ削《けず》り落としていく。

いつものリョウだったら、こっちの意思など無視して踏みにじってくるのに、今日は違う。

多くの揉め事が発生しているのになに一つ片付かないことに疲れを覚え、都心から逃れた貴志をいたわっているのか。それとも様子見をしているのか判別がつかないが、荒っぽく事を進めるつもりじゃないことだけはわかった。

「もっと食べたいんだろ。口、開けろ」

「……うん」

リョウの胸にもたれる格好は恥ずかしかったが、穏やかな一時を壊したくなかった。

リョウは口に咥えたリンゴの先端を貴志に向け、「ほら」とうながしてくる。

とまどったものの、リョウのくちびるとリンゴの香りの誘惑《ゆうわく》に負けて、反対側に齧《かじ》り付いた。

さくさくと食べ進めていき、最後には互いのくちびるが重なるとわかっているうえでの行為は照れくさい以外なにものでもない。

リョウのほうが食べるスピードが速かった。

あと一欠片食べればキスができるとわかると、羞恥《しゅうち》にくちびるがわななく。

――なにをしているんだ、俺は。こんな甘ったるいことをリョウとするなんて、頭がおかしくなったのか。

貴志のためらいに、リョウは鋭く気づいたようだ。

リンゴの欠片を貴志の口の中に押し込み、後頭部を摑んでのけぞらせてくる。

「……ン……ッぁ……」

舌を絡め取られてきつく吸われるのがたまらなく気持ちいい。

ぬるっと勝手に泳ぐリョウの舌から逃れようとしても無理だ。

リンゴの果汁で濡れた手でがっしりと顎を押さえられ、甘さを含んだ吐息ごと奪われるような情欲的なくちづけに、貴志は夢中になった。

くちびるの端を柔らかく嚙んでくるリョウの腕を摑んですがり、ねっとりと唾液がこぼれるのも構わずに貪り合った。

「……ん……っ、ふ……」

「リンゴは禁断の果実だったよな。二人で食べたらお互いに追われる身になるぞ。しかも男同士で、口移しだ」

からかうように笑うリョウが「もっと食べたいか」と言うので、貴志は魔法にかけられたような気分で茫然と頷いた。

みずみずしくて甘い果実をもっと食べ合って、なにも考えられなくなってしまいたい。

だが、リョウは笑って、いたずらっぽく身体をゆるくまさぐるだけだ。

深いキスが欲しい。言葉では言えないので、今度は貴志のほうからリンゴをつまんで囓り、思いきってリョウにくちづけると、するっと舌が侵入してきて蕩けた果実を食《は》んで啜る。

生々しいやり方に涙が滲みそうなのに、やめる気にはさらさらなれなかった。

淫《みだ》らにくねり、たっぷりと口腔《こうこう》を蹂躙していくリョウの舌使いに喘ぎ、身体をよじった。

リンゴの汁気で湿った指が意味深にシャツの前を掠め、ごく弱いタッチで胸の尖りに触れてくる。

「う……ぁ……っ……リョウ……っ……」

過去、何度もリョウには胸を責められ、そのたびに新たな感覚を宿された。

最初はくすぐったいだけだった。

黒い輪ゴムで根元をぎっちりと縛られてくびり出されたときには、悲鳴を上げたほどつらかった。

だが、真っ赤に膨れ上がった突起を指やくちびるで愛撫されると、どうやってもコントロールできない欲望がそこに灯り、自ら胸を突き出してしまうことに貴志はとうに気づいていた。

気づいていたが、そこが性感帯の一つになってしまっていることを認めたくなかったのだ。

「胸、……弄る、な……」

「ここまで来て強情張るなよ、貴志。俺とおまえの二人きりだ。俺になにかしてほしくて、電話で呼び出したんだろう?」

「う……」

シャツをそっと開いていくのも、いつものリョウらしくない。

こんなときにかぎって、なぜ焦らすのかとなじりたかったが、「見ろよ、もう真っ赤に膨らんでる」と忍び笑いが聞こえてきたときには、悔しさと劣情《れつじょう》が複雑に絡み合い、涙声になってしまった。

「俺はまだなにもしてないぜ。リンゴを食べ合って、ちょっとシャツを開いてやっただけだ」

「ずるい、おまえは……！」

「ずるい？　なにが。どこが。深夜に東京から箱根まで駆けつけてやったじゃないか」

「……今さら、どうして優しくするんだ……いつもみたいに、無理やり俺を犯せばいいじゃないか……！」

「俺は、自分のやりたいようにやる。おまえをモノ扱いしたいときは今後も断りなしにそうする。でも、今夜俺を呼び出したのはおまえだろう、貴志？　亮司という表の人格じゃなくて、裏人格の俺をわざわざ呼び出して、なにがしてほしいんだ」

「ッ……！」

ついさっきまで激しく吸い合っていたくちびるの際を人差し指でなぞられ、貴志は思わずリョウの首にすがりついていた。泣き顔を見られたくなかった。

「俺をみじめにさせるな！　なんで……どうして、俺をこんな気持ちにさせるんだ。俺を散々脅して、犯したくせに……どうして俺は、おまえを……」

「なんだ。聞かせろ」

髪を指で梳《す》き、頬を擦りつけてくるリョウの蠱惑的《こわくてき》な声に意識がますます蕩けていく。

涙が溢《あふ》れそうなのを堪《こら》えて、貴志はリョウの胸元を摑み、必死に正面から視線を合わせた。

「どうして、俺の心の中にまで入ってくるんだ？　どうして悪人のままでいてくれない？　憎み続けるほうが楽なのに……もう、できない……」

「……貴志」

「俺は、篠原さんが心配なんだ。リョウ、……おまえが心配でしょうがないんだ。篠原さんとおまえという人格が一つの身体の中に入っているなんて、誰も信じない」

「だろうな」

「俺は……信じる。リョウ、おまえが生まれた理由を知って、篠原さんにも少しずつ信頼してもらい始めている。でも、おまえに近付こうとすればするほど敵が多くなる。今の俺は誰も信じられない。会社の人間も、誰もが怖い。だから、ひとりでここに来たんだ。事件から距離を置いて、頭を冷やしたかった。……でも、どうしても、おまえのことが気になって……リョウ」

胸元を摑んだまま貴志はうなだれ、火のような熱い息を吐き出した。

「俺をお人好しだと笑えばいい、バカだって笑えばいい。俺を犯すような男を想ってもどうにもならない。……でも、ダメなんだ。おまえに会いたくてたまらないんだ。いつもリョウのことを考えてる」

「亮司と勘違いしてるんじゃないのか」

「違う。俺が好きなのはリョウだ」

決定的な言葉にリョウがわずかに目を瞠るが、昂ぶる一方の貴志は身体を押しつけた。

「篠原さんのことは尊敬している。あの人のためにも、竜司は絶対に捕まえたい。でも、そうなったらリョウはどうなる？　篠原さんの心を悩ます存在がなくなったら、リョウはどうなるんだ？」

「消えるだろうな」

「ダメだ！」

予想通りの言葉を吐き、薄く笑うリョウの胸に顔を押しつけ、貴志は両肩を震わせた。

「嫌だ、おまえに会えなくなるなんて絶対に嫌だ……考えたくない。俺は誰かをこんなふうに想ったことがない。リョウ、おまえが初めてなんだ」

「おまえも物好きだな。俺は何度も言うように、亮司の負の面だ。善の面を愛したほうがずっと幸せじゃないのか」

「そんな幸せなんかいらない。最初に俺に手を出したのはリョウじゃないか」

どうかすると涙で声が嗄れそうなのをなんとかなだめ、篠原亮司の身体でありながらも心は篠原ではない——リョウの逞しい胸にすがった。

篠原が耐えきれなかった苦しくて厳しい場面を一手に引き受けてきたリョウという荒っぽい人格にも、かすかな脆《もろ》さがあると知っている。

ずる賢《がしこ》く、行動力もあるリョウは隙《すき》さえあれば、篠原を乗っ取り、全人格を支配しようと企《くわだ》てているのかもしれないが、すべてが思い通りに運ぶとは考えていないのだろう。

リョウよりも、篠原亮司として生きてきた時間のほうがずっと長いのだ。

大本の篠原が不安を一掃《いっそう》して自信を取り戻したら、リョウの存在は永遠に不要となることを、リョウ自身が一番よくわかっているはずだ。

「おまえが好きなんだ、リョウ。まだ知りたいことがたくさんあるんだ。おまえを呼び出せば篠原さんにどれだけ負担がかかるか頭じゃわかってても、俺はおまえを失いたくない。これからどうすればいい？　どうすれば、おまえは俺のそばにいてくれるんだ？　俺は――」

激して叫んだところで、リョウの両手で頬を包み込まれた。

染み渡る温もりに、つうっと涙が伝い落ちた。この温かさは嘘じゃない。

「俺をこれ以上貶《おとし》めるな、バカ野郎！」

「してねえよ、そう怒るな。……俺が好きか、貴志。亮司よりも？」

「好きだ……。おまえにしか、こんな気持ちは持てない」

熱くなる身体を擦り寄せ、リョウの広い肩に涙を染み込ませた。

「それじゃ、この身体を俺にゆだねるか。亮司にも、不動にも、ハオにも、他のどんな男にも女にも絶対に見せられない身体にされてもいいのか」

裏を読めば怖くてたまらない言葉だが、リョウが言うことならなんでも言うとおりにしたかった。

リョウは、あくまでも篠原亮司の一部だ。

いつ消えてもおかしくない幻《まぼろし》のような存在に、貴志は心を鷲摑《わしづか》みにされていた。

リョウを愛していた。

「……いい、リョウなら……」

「俺だけがわかる身体にしてやる」

低い笑い声にまぎれもない欲情と執着《しゅうちゃく》を聞き取り、ひくっと喉が鳴る。

「俺の首に捕まっていろ」

言うなり、リョウは貴志を抱き上げて風呂場へと向かう。

シャワーを出しっぱなしにし、靴下《くつした》だけ脱がされて、服を着たままの貴志はリョウと抱き合った。

強く降り注ぐ湯のせいで、すぐにずぶ濡れになり、肌に張り付くシャツやスラックスが鬱陶《うっとう》しい。

「ン……ん、……ぁ……リョウ……！」

壁に押しつけられ、ぐりっと腰を重ねられると嬌声《きょうせい》が上がってしまう。リョウの熱く脈打つものを布地越しに感じてもどかしい。

きっと、自分のそこもとっくに勃起しているはずだ。

降りしきる湯の中で舌を絡め、吸い、じんじんと痺れるくちびるがうまく閉じられなくなった頃に、リョウの手がベルトにかかり、水分をたっぷりと含んで重たくなったスラックスと下着を引き剝がしにかかった。

「……あ……」

生地が肌を掠めていく感覚に早くも意識が飛びそうだ。ベッドですることよりも、ずっときわどく感じる。

「そのまま立ってろ。貴志、おまえのここを剃《そ》ってやる」

「え……」

痛いぐらいに勃起している性器の先はシャツの裾に隠れているが、根元の繁《しげ》みを淫猥にリョウの指でかき回され、腰がずり落ちそうだ。

「シャツの裾を自分で咥えて、腰を突き出せ。俺がここを弄りやすいようにするんだ」

「な……っ」

「俺だけにわかる身体にしていいと言ったよな?」

一番最初のときに使ったバタフライナイフをスラックスの尻ポケットから取り出し、美しい刃を見せつけるリョウが不敵に笑う。

貴志は命じられたまま、シャツの裾をきつく噛んで見守るしかなかった。

鋭い刃先をそっと貴志の性器の根元に沿わせ、リョウはゆっくりと時間をかけてそこを覆う毛を剃り落としていった。

「く……っ、ぅ……っ……！」

さして濃くないが、物心ついた頃から性器の根元に生えていた草むらを丁寧に削ぎ落とされていく。

ナイフが肌に擦れ、ぷつんと体毛が断ち切られるたびに貴志は身体を震わせた。

ガクガクする膝をどうにかしないと、うっかり間違ってナイフに性器ごと断たれそうだという恐怖と陶酔感《とうすいかん》が混ざり合い、ビクッと性器がしなってしまう。

「いい感度だ。貴志。触り心地も抜群になった。すべすべして子どもみたいだぜ。なのに、こんなに硬くしやがって。……淫乱だな、おまえは」

「……あ……ぁ……っ」

陰毛を綺麗に剃られたことで、勃ちきった欲望の形が以前よりもハッキリとしてしまうのが恥ずかしくてしょうがなかった。

邪魔なものがなくなり、リョウの爪先が陰嚢をカリッと擦っていく感覚も鮮やかだ。

シャツの裾をずっと咥えていたせいで、赤く充血しきった蜜口がひくひくと開いては閉じ、透明な滴を垂らす様を貴志は自分の目で見た。

そこにリョウの骨っぽい手が絡み付いた瞬間、吐精してしまった。

「ずいぶんと早いな。いつもより敏感だ。待てなかったのか？　それとも、——俺が来るのが待ちきれなくて、自分でしていたのか？」

「そんなこと……っ」

くくっと笑う声に涙ぐみ、貴志は水しぶきを浴びてよく見えない眼鏡をはずした。

恥ずかしくて、このままでは目を合わせていられない。

「どうなんだよ、貴志。自分でしてたんだろ。素直に白状しろよ。それとも、毛を剃られただけで勝手にイくような変態か」

「違う！　そうじゃない！　お、俺は、おまえの……したことが、忘れられなくて……」

こんなふうになったのは自分だけのせいじゃない。

確かに敏感かもしれないが、リョウ独特のやり方でこんなふうになってしまったのだと言いたかった。

「したことが忘れられなくて？　続きは」

「リョウが、俺を変えたんだ。俺は、男としたことがなかったのに、リョウに犯されて……最初は気持ちよくなんかなかった。悔しかった。おまえを憎んでたんだ。でも……いつからか、おまえのすることが忘れられなくて……不動たちに触られたとき、ハッキリわかったんだ。他の奴と、おまえは違う」

「俺がすることは気持ちいいのか？」

「……いい」

観念して頷いた。

「リョウのやり方を真似てみたけど、うまくいかなかった。でも、思い出してしまうんだ。リョウがなにを言ったか、俺にどんなふうに触ってきたか、そういうことを全部」

「オーケー。そこまで白状したんなら、存分に俺を与えてやる」

楽しげに微笑むリョウにタオルでくるまれてバスルームから連れ出された。

淡いランプがついたままのベッドルームに入り、リョウが後ろ手にがしゃりと扉を閉める。

ご丁寧に内側から鍵《かぎ》をかけたことで、室内の密度が一気に高くなる。

冷房のスイッチを入れたが、身体の火照りはひどくなる一方だ。

ベッドのそばに近付き、貴志は肩越しに振り返った。

「リョウ……」

欲情に掠れた声でねだっている、と恥ずかしさが募ったが、これ以上焦らされるのは酷《こく》だ。

二人で分け合って食べたリンゴの甘い毒が神経まで蕩かし、一刻も早くリョウの熱や硬さで圧倒されたかった。

「……あ……」

背後からのしかかってくるリョウが勃起したままの性器を握り、ベッドに倒れ込んでくる。

最初からペニスの先端を割られ、過敏な粘膜を剝き出しにして人差し指の腹でぐりぐりと擦られた。

「あぁっ、ぁっ、や、そこ、は……っ、いた、い……」

「痛くねえよ。前にもここをこうしてやっただろう。覚えてるか？　一番最初のときだ。尿道を責められる快さをもっと教えてやる」

全身でのしかかられることで、身動きがろくに取れない。

息することだって難しい姿勢なのに、子どもみたいにすべすべにされた性器はリョウの手の骨っぽい感触をきわどく感じ取り、痛いほどに張り詰めてしまう。

「う……くぅ……っ」

蜜口の粘膜を引っ掻かれる苦痛と快感がどろどろに混ざり、声が跳ね飛ぶ。

とたんに身体をひっくり返されて、リョウがペニスの先端を軽く吸ってきた。たったそれだけのことで蜜口はトロッとだらしなく開き、滴をこぼす。

甘い快感に貴志も一瞬力が抜け、今度こそ息を深く吸い込もうとしたときだった。

シャワーに打たれて湿《しめ》ったままのシャツを着ていたリョウが、素早く胸ポケットから折りたたみ式の極細の金属棒を取り出す。

棒の先に小さな丸い玉がついたそれを目にするなり、心臓が早鐘《はやがね》のように鳴り出す。

胸の下でどくどくと突き上げてくる鼓動が皮膚《ひふ》を破りそうだ。

「っ、は、っ、――ッは、っ」

「緊張するな貴志。これの悦さをおまえは一度知ってるだろう？」

「んぁ、あぁ、いや、やだ、それは……ぁ、あ、あ、……ッ！」

勃ちきった竿の割れ目にスウッと細い棒が挿ってくる。

棒の先についた丸い玉で柔らかな尿道の奥をくりくりっと擦られる強烈な刺激に、神経という神経がショートし、貴志は声を上げた。

勝手に腰が浮き上がり、いたぶられる亀頭が鬱血《うっけつ》していく。

非常に繊細で、弄ってはいけない場所を嬲られる快感にシーツをかきむしり、悶《もだ》え狂った。

「……っ、あ、リョウ……！　リョウ……っ！」

「これで終わりだと思うな」

リョウが獰猛な笑い方をしながら濡れたシャツやスラックスを脱ぎ捨て、雄々しくいきり立った己のものを軽く扱き、先走りをあふれさせる。

貴志の窄まりがまだ窮屈《きゅうくつ》に閉じているとわかると、あたりを見回し、ベッドヘッドに置かれていたアロマオイルのボトルを手に取った。

「身体にも使えそうだな」

ボトルを傾けてとろみのある液体で指を濡らしたリョウは、つらく、気持ちよすぎる尿道責めに息を途切れさせている貴志の窄まりにもオイルをたっぷりと落としてぬるつかせる。

「ン……ぁ……は……」

指を二本、三本と増やされるたびに肉襞が淫らにくちくちと蕩け、熱を帯びていく。

リョウの指は浅いところしか引っ掻いてくれない。

それが逆に物足りなさを生んでしまい、肉洞全体が疼き、最奥がリョウのすることに期待するようにきゅうっと甘く引きつれていく。

リョウに出会うまで、そこで感じるなんて夢にも思わなかった。

けれど、今はもう違う。深々と貫かれる快感を知ってしまった。

「挿れてやる。全部、俺にふさがれたままでイくんだ」

「ん――……ん、んんッ……！」

両脚を抱え上げられ、強くくちびるをふさがれた状態で、猛々《たけだけ》しい男根がずりゅっとねじり挿《さ》さってきた。

火箸《ひばし》にも似た金属棒で摩擦されたままの尿道の奥が焼けるような興奮と、窄まりを犯される激しい快感に貴志は痙攣《けいれん》し、射精することができずに絶頂感に声を嗄らした。

あまりの強い刺激に、つかの間、意識が飛んだ。

その間にリョウは小刻みに腰を動かし、貴志の身体をさらに開いていく。

「あ……」

次に意識を取り戻したときには、身体の真ん中をズクンと突き割る怒張がより存在感を強めていたが、熟して潤う肉襞が男の侵入を悦び、リョウとの一体感を欲して蠢《うごめ》いていた。

ずずっとリョウが腰を引くと、それを浅ましく追うように肉襞がひくついてしまうことに、貴志はしゃくり上げた。

よじれたシーツで擦れる背中も、指先も熱くてたまらないけれど、身体の最奥が異常なまでに昂ぶり、飢えていた。

「抜群の締まり具合だ。おまえの奥、濡れ出してるぜ。女が潮《しお》を噴くのと近い状態だ。俺の先走りもあるだろうが……ふふっ、いいじゃねえか。こんなにトロトロになるなんてな。男の身体でここまでの名器になる奴もそういねえよ」

「はっ、ぁっ、そ、んな……っ、……」

「俺が、こうしたんだろ？　おまえの身体を変えたのは俺だろう？」

ぐっぐっとねじ込んでくるリョウの息遣いも荒れている。振り回そうとした貴志の両腕を摑んで押さえ込み、断続的に突いて、突いて、突きまくってきた。

「……ッ、リョウ、もう、許して……、イキ、たい……っ」

「イけよ、何度でも。俺も、おまえの中に出してやる。孕《はら》ましてやる」

「や……あ……っ！」

挑発的な言葉の意味がわからなかったが、再び渇いた絶頂感に飲み込まれた貴志は全身を揺らして達した。リョウが息を詰める。

体内で彼のものがぐうっと大きく膨れた瞬間、どろっと熱が弾けて、長く、ずしりと重たい射精が始まった。

「……ッ……」

「あ……っあ……っ」

体内をリョウの熱い精液で濡らされるという屈辱と快感が貴志をがんじがらめにしていた。

他の男だったら絶対にこんなことは許さない。

相手を殺して自分も死ぬと覚悟を決め、片時も意識を手放さないだろうが、リョウには心の一部をちぎられ、奪われたいと思ってしまったのだ。

リョウの性欲は凄まじいが、コントロールがきくのだろう。

射精するあいだも貴志の尻の奥深くに埋めて、ゆるく、激しく出し挿れを繰り返ながら、「意識してゆるめてみろ」と言ったあとは、「奥のほうだけ締めてみるんだ」と言う。

貴志は懸命に順応し、なんとかリョウの言うとおりの腰の使い方を覚えようとした。

自分のものを馴染《なじ》ませ、形と熱をそっくりそのまま刻もうとしているかのような執拗《しつよう》なリョウと交わっている間は、なにも考えず、ひたすらこの肉欲に溺《おぼ》れていたかった。

「リョウにしか、こんなこと、できない……好きなんだ」

「もっとしたいか。中出しされたのがそんなによかったか?」

「……リョウだから、許したんだ。もっと俺を抱いて、俺の中に出してくれ。俺の身体はリョウに合ってるか?」

「当然だ。スキンもつけずに射精するなんて、普通はしねえ。でも、おまえは俺のもので濡らしたい。ぐちゃぐちゃにして、俺の味を覚えさせたい」

「してほしい……もっと、したい。リョウにしか、こんなこと言わない」

生まれて初めて身体の最奥までぬるぬるに濡らされた気持ちよさに、貴志は虜《とりこ》になった。

勃起したままの性器を扱くリョウの指使いにも、乳首を甘く転がす舌先にもいちいち反応してしまう。

裸の自分をリョウだけに差し出したいという気持ちが止まらなかった。

男同士でしか味わえない深みあるセックスに引きずられたというよりも、リョウ＝篠原亮司自身が抱え持つ深淵《しんえん》に魅入られていた。

いっそ、彼の中の暗黒に飲み込まれてしまいたい。

「好きだ……リョウ、好きなんだ、頼むから、そばにいてくれ」

揺さぶられる間、うわごとのように何度も繰り返したのに、リョウは笑うだけで確たる返事をくれなかった。

「俺はいずれ消える……消えたほうがいい存在なんだ。貴志。あまり無茶を言うな」

「いつ消えるんだ?　そのときが来たら俺にも教えてもらえるのか?」

「わからない。それをどうするかは亮司の権限だ。でも、今は一緒にいるだろ。満足しろ」

「嫌だ、ずっとこうしていたい、リョウといたい」

「子どもみたいなことを言うなよ」

泣きじゃくり、しがみついて濃厚なセックスの続きをねだる貴志の頭を抱き、リョウが苦笑いする。

彼のほうも行為をやめるつもりはないらしく、少し萎《な》えた状態でも繋がったままで、力を取り戻すのを待っている。

「……ここまで俺をおかしくさせた責任は取れよ！」

涙に嗄れた声で怒鳴っても説得力がないとわかっていた。

だけど、リョウは汗ばんだ額に張り付く髪をかきあげ、そっとキスしてきた。

「しょうがねえ。……じゃあ、おまえがこのコテージにいる間は、できるだけここに来て、おまえと過ごしてやるよ。ただ、そのぶん亮司にも負担がかかることは忘れるな。亮司を不眠不休に追い込んで、仕事中に倒れるようなことにならないよう制御するが……そこまでしても、俺が欲しいのか」

「欲しい。篠原さんには悪いと思ってるけど、リョウだけが欲しい」

「即答かよ。まるで発情期の獣《けもの》みたいだな。でも、……可愛いぜ」

リョウが微笑《ほほえ》み、くちびるを重ねて再び動き出した。

互いが発散する熱も滴も、すべて永遠に残しておければいいのに——貴志は本気でそう願っていた。

蜜《みつ》のように甘く濃い数日をリョウと過ごした。

毎日、リョウは明け方に都心に帰り、篠原亮司《しのはらりょうじ》としての顔で一日を終え、夕方か夜には箱根のコテージに戻ってくるなり服を脱ぎ、貴志《きし》も裸《はだか》にさせて、室内のいたるところで触れ合い、交わることを繰り返した。

朝が来るとまた都心に戻っていくリョウのタフな背中にどうしようもない寂《さび》しさを覚える反面、篠原の人格と切り替えるスイッチをリョウはすでに手にしてしまったんじゃないかという恐れがあったのは事実だ。

それほどスムーズに、リョウは『篠原亮司』と切り替わっていた。

もうこのまま都心に帰らず、人目のつかない場所を探してリョウと隠れ住もうかと言い出しかねないところまで、貴志の理性は崩《くず》れかけていた。

だが、一本の電話が甘い妄想《もうそう》を許さなかった。

「篠原さんの家が、放火……されたんですか？」

『そうだ。まだ誰からも聞いてないか？』

「すみません、ちょっと俺、この数日仕事を休んでいたものですから」

焦《あせ》りを感じつつ携帯電話を握《にぎ》り締めながら頭を下げた。

コテージで過ごす六日目の昼間のことだった。

青ざめて謝罪する姿が見えているわけではないだろうが、電話の向こうは、『いや』と緊張《きんちょう》を解《と》くように笑ってくれる。

『謝らなくていいよ。俺が情報を摑《つか》んだのもついさっきだから』

電話をかけてきたのは、央剛舎《おうごうしゃ》の編集者、小林《こばやし》だ。

『白金台の家に不審火《ふしんび》が起きたのは、今朝午前三時過ぎらしい。篠原家の駐車場と、裏玄関の二か所で次々に火が点《つ》いて、火災報知器が鳴ったことで消防車が出動した。幸い、どちらも大事になる前に鎮火《ちんか》して、近所の住民も今は落ち着いているが……』

「でも、問題が残っている?」

『そのとおり。出火元の一つ、駐車場は外側にガソリンのような揮発性の高い液体がかけられていた。二か所目の裏玄関にも、屋敷の敷地内から通りにかけて液体の痕跡《こんせき》が見つかったんだ。貴志くん、この意味がわかるかい?』

「……篠原家の内部に通じている者の犯行の可能性がある、ということですよね。駐車場はともかく、裏玄関のケースは、いったん敷地内に入っていないと成立しません。あの家は厳重《げんじゅう》な警備態勢が敷かれていて、防犯カメラも二十四時間作動しているはずですが、不審者を捉《とら》えていないんですか」

『だめだった。犯人はカメラの存在がわかっていたようだ。死角から液体がまかれたんじゃないかという意見が出ている。篠原家も、篠原警視《しのはらけいし》も、この件については大事にしないでくれとマスコミの主要なメンツを招集して直接厳命を下してきたんで、一般向けには報道されていない。ただ、放火された時刻に篠原警視がどこにいたか、裏が取れなくてね。マンションで寝ていたという本人の言い分を今のところ信じるしかないいんだが、どうも本人の記憶も曖昧《あいまい》らしい』

小林の懸念《けねん》する声を聞きながら、貴志は落ち着かない気分で室内のあちこちを見回していた。

リョウは今日も夜明け前にコテージを出ていった。

放火があったのは午前三時過ぎ、リョウは貴志を抱いてうつらうつらしていた時間帯だ。

――篠原さんのアリバイは俺が保証できる。でも、そんなことをしたら彼の人格が分かれているというスキャンダルも表沙汰《おもてざた》になってしまう。篠原さんは、ここ最近、夜、自分がなにをしているか覚えていないはずだ。

リョウがここから東京に戻るまでのどこかの時点で、篠原へとスイッチを切り替えているのだろうと思うが、直接聞いたわけではないのでわからない。

しかし、東京に戻っていきなり、実家の不審火を知らされた篠原の衝撃《しょうげき》を考えるとやるせない。篠原自身、『自室で寝ていた』と周囲に断言したところで、本当に眠っていたかどうかは確信できないのだろう。

——記憶が曖昧だと、篠原さんも、周囲も、薄々異変に気づいている。暗躍《あんやく》しているリョウの存在がばれるのは時間の問題だ。

「あ、はい、聞いています。すみません。篠原警視は疑われているんですか？」

『……もしもし？　貴志くん、聞こえてるかな』

『そこまでの段階じゃないな。篠原警視のマンションの防犯カメラの映像が早々に提出されたが、彼が毎日夕方から夜にかけて自宅に戻り、朝には出かけていることを証明している。オートロックキーのデータも改ざんされた様子はない』

「そうですか」

ほっとひと息つくのはまだ早い。

リョウだったら、自宅マンションの防犯カメラの死角も熟知《じゅくち》し、レンズに写らないように建物に出入りすることが可能だ。

他人になりすますぐらいのことはリョウならたやすくできそうだから、同じマンションの他住民が持つオートロックキーを入手してコピーし、こっそり使っていることも考えられる。

「小林さんは篠原警視に直接会ったんですか」

『今日の極秘会見でちらっとだけね。とても疲《つか》れているようだったが、しっかりしていた。俺の判断では、彼が犯人だとはちょっと思えない』

小林の率直な意見がぐさりと胸に刺《さ》さった。

篠原を深い疲労に突き落としているのは、間違いなく自分が原因だ。

そして、もう一つ。篠原亮司＝リョウが放火犯ではなく、他に彼の実家の事情をよく知っている人物は誰かと聞かれたら、ひとりしか心当たりがない。

――火を点けたのは竜司《りゅうじ》だ。どこかに隠れ潜《ひそ》んでいた竜司がとうとう舞い戻ってきたんだ。

篠原さんに宣戦布告《せんせんふこく》しているつもりなのか？

親切にも情報を渡してくれた小林に礼を言って電話を切り、貴志はしばしぼんやりしていたが、頭を強く振って立ち上がり、熱いシャワーを浴びて清潔《せいけつ》な服に着替えた。

一刻も早く東京に戻り、篠原の様子を確かめたかった。

もう、リョウはここには来られない。

竜司の挑戦《ちょうせん》を受けて、のんびりと箱根くんだりまで来ている閑《ひま》はないだろう。

たった数日間だったが、誰にも邪魔《じゃま》されることなく濃密な時間を二人きりで過ごした部屋をザッと片付け、見回した。

借り物だが、キッチンやリビング、バスルームにベッドルーム、どこでもリョウとじゃれ合い、言葉にはならない狂《くる》おしい熱を確かめ合った秘密の城だ。

リョウの香りがかすかに残っている部屋から去るのはたまらなく嫌だったが、現実逃避《げんじつとうひ》もここまでだと自分に強く言い聞かせ、貴志は外へ出た。

孤軍奮闘《こぐんふんとう》する篠原に迫り、疑う中で、いつしか、彼の胸に棲《す》む深い静寂に包まれた孤独の象《しょう》徴《ちょう》であるリョウを知り、支えになりたいと本気で願った結果、今の自分があるのだ。

自分だけが、危険な火から離れて、夢を見続けているわけにはいかない。

竜司が東京に戻ってきているのだとしたら、海棲会《かいせいかい》も動き出しているはずだ。あそこが竜司の情報をより深く摑んでいる一派だ。すでに、竜司を匿《かくま》っている可能性もある。

「……不動《ふどう》に会うか」

薄暗い空を見上げて呟《つぶや》いた。

一雨来そうな空は重苦しい雲が混ざり合い、嫌な色をしていた。


「竜司がウチにいると疑っている顔だな」

赤坂の事務所で不動は顔を合わせるなり、挨拶《あいさつ》抜きでそう言った。彼のそばには、険《けわ》しい顔のハオが直立していた。

竜司のことでなにかあったらハオに電話をする、という約束だったが、手間を省《はぶ》きたかったので、貴志は東京に戻る途中で、不動の携帯電話に直接連絡した。

「竜司のことで会いたい」と単刀直入《たんとうちょくにゅう》に申し出たところ、不動は難なく了解した。

篠原家が放火された直後というだけあって、彼のほうでも竜司に関する情報をかき集めたかったのだろう。

「残念だが、ウチはまだあいつを捕まえてない」

極上の男っぽさと優雅《ゆうが》さが混ざる仕草《しぐさ》で煙草《たばこ》をくわえる不動の笑い方が癇《かん》に障《さわ》り、「嘘《うそ》だ」と貴志は反射的に言い返していた。

「竜司が実家に放火したのが午前三時過ぎ。ここにも一報が入ったはずだし、警察よりも篠原家よりも、竜司を執念《しゅうねん》深く追っているのは海棲会だ」

「どうしてそう言い切れる」

「狂犬《きょうけん》みたいな竜司を捕まえることが篠原家と交わした約束だと言ったのは、不動さん、あなただ。でも、あなたが竜司を捕まえてただおとなしく引き渡すとは思えない。今まで竜司を匿ってきた間も相応の報酬《ほうしゅう》を得ていたんだろうが、今回も捕まえたら、さらにふっかけて、永続的に篠原家を強請《ゆす》るネタにするつもりなんじゃないのか」

「いい加減にその口を閉じろ。そうじゃなきゃ今すぐ死ぬことになるぞ」

バタフライナイフを開いて、だっと駆け寄るハオが視界に飛び込んできた。

しかし、前のときよりも若干《じゃっかん》動きが鈍《にぶ》い。身をかわした貴志は、とっさに掴んだクリスタルグラスの花瓶《かびん》を彼の頭に叩《たた》き付けていた。

「ぐ……っ！」

ハオが頭を抱えてうずくまる。

突然の出来事とはいえ、自分のしでかしたことに貴志は茫然《ぼうぜん》としつつも、――やらなかったらやられるだけだ、とくちびるを噛《か》み締めた。

「なかなかやるじゃないか。喧嘩《けんか》慣れしているツラには見えなかったが、危機を回避する能力はあるようだな」

「……畜生《ちくしょう》、こ、ろしてやる……！」

「やめておけ、ハオ。今は引っ込んでろ」

不動が鬱陶《うっとう》しそうに言い、身体をふらつかせながら立ち上がったハオの腕を掴んでソファに叩き付けた。

大柄な不動の手にかかると、ハオはまるで人形のように見える。

アッシュブロンドの髪を乱れさせ、ソファに横たわるハオの顔は真っ青だ。

「あいにく、今日のこいつは調子が悪い。なんでだか、貴志、知りたいか」

「理由があるのか？」

脂汗《あぶらあせ》を浮かべたハオが髪をかきあげ、ぎらりと狙《ねら》い澄《す》ましてくるが、不動に首を掴まれていて動けない。

「ついさっきまで、ハオは、竜司の相手をしていたんだ」

「相手？　相手ってなんだ」

「一時的に竜司の性欲の捌《は》け口になっていたんだ。だから、調子が悪い」

「――会長！」

激怒《げきど》を湛《たた》えた目でハオが不動を睨《にら》むが、すぐに呻《うめ》いてソファにくたくたと崩れ込む。首の急所を摑まれたのと、竜司の陵辱《りょうじょく》による疲労が抜けていないせいだろう。

「貴志、確かにおまえが言うとおり、俺たちは竜司を匿っている。竜司は女を欲しがったが、今のあいつは飛びすぎていて、どの女をあてがってもセックスだけじゃ飽《あ》きたらず、殺してしまうだろう。だから、俺が長年仕込んできたハオに相手をさせていたんだ。こいつは男だが、見栄えがいいし、性的なテクニックにも長《た》けている。最初は竜司も渋《しぶ》っていたが、こいつのフェラチオが気に入ったらしくてな。五時間近く、はめっぱなしだったぜ」

「あなたは、それを黙《だま》って見ていたのか……？　彼はあなたの右腕なのに……」

「使える場面で役に立たない右腕などいらん」

冷たく切り捨てる不動は、煙草を深く吸い込んでから苦く笑った。

「しかし、俺が止めなかったらハオも殺されていただろうな。今、あいつはとある場所で、強《きょう》烈《れつ》な催眠剤《さいみんざい》を飲んで眠っている。次に起きたときには、またべつの餌《えさ》を用意しなきゃならん。貴志、おまえが竜司の餌になるか？　なるというなら、居場所を教えてやってもいい。ただし、行く前に遺書《いしょ》を書いておいたほうがいい。本気で殺される覚悟をしておくんだな」

「餌って……竜司に犯されろってことか？」

「そのとおりだ」

平然と言う不動に血の気が上がり、バカを言うなと怒鳴ろうとして、貴志は口を開いたが、声が出てこない。

「どうした。この期《ご》に及《およ》んで怖《お》じ気《け》づいたか?」

「……そうじゃない……」

手に汗《あせ》を握り、貴志はソファでぐったりするハオに自分自身の姿を何度も重ねてみた。

不動の監視下にあっても、ハオは竜司にここまで痛めつけられた。

そんな男の餌になったとして、無事に帰ってこられるとはさすがに言えない。

——でも、ここで不動の言い分をはねのけたら、竜司を逃してしまう。

過去、三人も殺しておいてなお残忍性《ざんにんせい》を高めている竜司の相手が務まるとは到底思えないが、接近できるチャンスを逃したくなかった。

それこそ、竜司の居場所を教えてもらったら、家族や会社宛に遺書を書き残すぐらいの覚悟がなければ突き進めない。

——無事に戻ってこられる自信はない。だけど、竜司に会わなきゃいけない。会って、リョウか篠原さんにこのことを伝えるのが、俺の役目だ。

ぐっと息を呑《の》み、貴志はゆっくりと頭を下げた。

「……竜司の居場所を、教えてほしい」

「跪《ひざまず》け。俺の靴《くつ》にくちづけて、教えてください、と言え」

傲慢《ごうまん》な言葉を吐く不動が足を組み、よく磨《みが》かれた靴の爪先《つまさき》を突きつけてきた。隣で、ハオがうっすらと笑っている。

屈辱極《くつじょくきわ》まりない要求に簡単に屈したくない。しかし、こんなものは序盤《じょばん》の序盤だ。

これまでに起きた出来事、そしてこれから竜司本人に会って起きるだろう出来事の重みを瞬時のうちに思い浮かべ、貴志は歯噛《はが》みしながら右膝を折り、続けて左膝も折った。

土下座するなんて生まれて初めてだった。

——他人の靴を舐めることぐらいで、先に進むきっかけを摑めるならいくらでもそうしてやる。だけど、心には絶対に誰も入れない。リョウ以外は。

革靴を両手で捧げ持ち、貴志は生真面目な表情を崩さずにくちづけた。

「竜司の居場所を、教えてください」

不動がちょっと目を瞠《みは》っていた。

ハオもそうだ。まさか、素直に応じるとは思っていなかったのだろう。

「舌を出して、靴を舐《な》めろ。綺麗《きれい》にしろ」

苦い靴クリームの味に吐き気を覚えたが、貴志は命じられたとおり、舌を大きくのぞかせて不動の靴を隅々《すみずみ》まで舐め回した。

尖《とが》った爪先はもちろん、靴紐《くつひも》も丹念《たんねん》にしゃぶった。

靴底を突きつけられたときはさすがに怯《ひる》んだが、やめなかった。

心まで踏みにじられたわけじゃない、後で吐けばいい。それしか考えなかった。

様子を見守っていた不動が楽しげに笑うそばで、ハオの目は異様なほどにぎらぎらと輝いていた。

「おまえにプライドはないのか、貴志？　他人の靴を舐めて――足蹴《あしげ》にされても情報を知りたいか」

「……く……！」

舐め尽くした靴でぐしゃりと頭を踏みつけられた。

眼鏡《めがね》が顔に食い込む痛みに呻いたが、抵抗しなかった。踏まれたまま、貴志は必死に息を整えた。

「これぐらいのことで失うプライドなんか、最初からいりません」

「おもしろい。前よりずっといい顔をしているな」

「……ッう……」

肩を揺らして笑う不動が二度三度、試すように靴底できつく踏みつけてくるのを、貴志は甘んじて受け止めた。

――篠原亮司＝リョウを本当に助けたいと思うなら、こんなものは痛みでも屈辱でもない。

竜司に会うためだったら、なんでもしてやる。

ふっと、硬い靴底が離れた。

慌《あわ》てて顔を上げると、携帯電話を手にした不動がソファから立ち上がっていた。貴志を睥睨《へいげい》し、口の端《はし》を酷《こく》な感じで吊《つ》り上げる。

「いいだろう。竜司に会わせてやる。ただし、先に一つ、忠告しておこう。——おまえは、竜司に会ったとき、ある人物に裏切られる」

「どういうことだ……」

「今朝未明、実家に火を放った竜司が、それまでどこに身を潜めていたと思う？　なぜ、奴がこの数か月、俺たちからも、篠原亮司たち警察からもまんまと逃れられていたと思う？　簡単だ。篠原竜司の逃亡に手を貸していた奴がいたからだ」

「あなたは、それが誰だか知っているのか」

竜司に共犯者がいる。

動揺《どうよう》を隠せない貴志に、不動は鼻で笑う。

「ああ、今日知った。そいつの正体は、おまえ自身の目で確かめるんだな。ハオ、俺はちょっと電話をかける。そのあいだに貴志を仮眠室の洗面所に連れていってやれ」

「はい、会長。……来い、こっちだ」

ふらりと立ち上がるハオにうながされ、貴志は部屋を出た。

不動たちがいた部屋の二つ隣は、簡易ベッドがいくつか置かれているだけの殺風景《さっぷうけい》な部屋だ。

「ここの洗面所を使え。吐くなら好きにしろ」

洋式の便器を目にするなり、堪《こら》えていた吐き気が猛烈《もうれつ》にこみ上げてきた。

ハオがそばにいるのも構わず眼鏡をはずし、胃を空っぽにする勢いで貴志は何度も吐いた。

ひっきりなしに噎《む》せ、ようやく胃の痙攣《けいれん》が治まったところで、洗面台のカランをひねり、何度も口をゆすいで顔中洗った。

不動に踏みつけられた後頭部も濡れた両手で拭《ぬぐ》い、なんとか気を取り直して鏡を見ると、ハオが陰鬱《いんうつ》な笑みを浮かべて壁により掛かり、肩にかかる金色の髪を払いのけていた。

たった数時間前まで、ハオは竜司に散々嬲《なぶ》られていたのだ。立っているのもやっとだろう。

まだ血の気が戻らないハオの美しい顔を見つめ、貴志は口を開いた。

「……どうして、竜司の相手なんかしたんだ」

「会長の命令は絶対だ」

「おまえはこれからもそんな人形みたいな生き方をしていくのか？　不動の言われるままに動いていたら、身が保《も》たない」

「俺の身を心配するのか？　バカバカしい。とっとと竜司に殺されてこい。目障《めざわ》りだ」

ハオが洗面台の棚《たな》を開け、清潔なタオルを取り出して乱暴に投げつけてくる。

凄《すご》みのある笑い方が堂に入っている男に小声で礼を言い、濡《ぬ》れた顔や髪を拭《ぬぐ》った。

「前にエレベーターの中で話しただろう。俺は——」

ハオが声を出さず、『不動を』と、くちびるだけ動かす。

暴力団の事務所だけに、室内のいたるところに防犯カメラや盗聴器《とうちょうき》が仕掛けてあることをハオが一番よくわかっているのだろう。

「殺《や》るために生きてるんだ。目的を遂げられるなら竜司の相手なんかたやすい」

ハオが不動になんらかの憎《にく》しみを抱いていることは勘《かん》づいていたが、強い殺意を宿した視線で射抜《いぬ》かれると、胸が不安に揺れる。

ハオはすぐれたナイフの使い手だが、一分の隙《すき》もなさそうな不動を本当に殺せるというのか。なぜ、そこまで憎んでいてなお、不動の右腕として働いているのか、聞きたかった。

「どうして……」

「おまえに話す必要はない。会長の部屋へ戻る」

問いかけをばっさりと切り捨てたハオは、とりつく島もない。

隙があれば根掘り葉掘り問いただしたいところだが、これから竜司に会うことを考えると、寄り道をしている場合ではない。

「会長、戻りました。車を出しましょうか」

部屋に戻ったハオが無表情に言うと、車のキーを軽く振り回していた不動が首を振る。

「俺が直接、貴志を連れていく。ハオは休んでいろ。なにかあったら電話する」

「わかりました」

能面のような顔で頷《うなず》いたハオになにか話しかけたかったが、適当な言葉が見当たらないまま、貴志は再び外へ連れ出された。

今度は、不動と二人きりだ。マンションの地下駐車場へと下り、濃紺のベンツの前で、不動が「乗れ」と顎《あご》をしゃくる。

篠原が所有している黒のベンツよりも一回り大きい車体だ。

固唾《かたず》を呑んで助手席に身をすべり込ませた貴志は、しっかりとシートベルトを締め、前だけを見ていた。

不動のハンドルさばきは確かで、ブレがない。

「暴力団のトップなんだから、運転手がいないわけじゃないでしょう」

「前に言ったことを忘れたか。竜司の件はトップシークレットだ。竜司を知っているのは俺とハオと、身柄確保の際に関わったわずかな組員だけだ。無駄にあいつの存在を知らせたくないんでな。俺が直接動いている」

「今朝、竜司は直接あなたの事務所に来たんですか？　それとも、どこかで待ち合わせをしたとか？」

「そういうことは直接、竜司に聞け。貴志、俺は一部始終知っているが、おまえに丁寧《ていねい》に知らせる義理はない。そもそも、竜司の隠れ家に連れて行ってやること自体、降って湧いた僥倖《ぎょうこう》だと思え」

「……そうですね」

見下した物言いが板に付いている不動になにを言っても無駄だとため息をついたが、探ってみたい好奇心《こうきしん》はやはりある。

――この好奇心ってものがなければ、俺はもっと平穏《へいおん》に暮らせるはずなのに。

自嘲《じちょう》していると、交差点を右に曲がるついでに、不動がちらっとおもしろそうな視線を向けてくる。

「なにか言いたそうな顔だな」

「わかりますか。だったら話が早い。ハオのことですが……」

「あいつが俺を殺したがってる話なら忠告は無用だ」

「知ってるんですか？」

ぎょっとして身を乗り出すと、不動が声を上げて笑い出した。

「おまえはよっぽどのバカなのか、純粋《じゅんすい》すぎるのか、たまにわからないな」

本当に可笑《おか》しかったらしい。ひとしきり笑った不動がなめらかにハンドルを切り、大通りを抜けていく。

だが、続いて聞かされた話は、まったく笑えなかった。

「ハオが俺を殺したいと思うのは当然の話だ。数年前、俺は台湾《タイワン》の組織と激突したことがあった。おまえ、台湾マフィアがどれだけ残忍か知らないだろう。中国マフィアも相当ヤバイ相手だが、台湾マフィアも拷問《ごうもん》が得意だ。当時の俺は薬の取引で向こうの組織と揉《も》めていてな、海棲会を継ぐ者として絶対に台湾マフィアを牛耳《ぎゅうじ》らなければいけない立場にあった。そのとき、ハオが住んでいた街を焼き払ったんだ。ついでに言うと、ハオは俺が牛耳った組織のトップの息子だ。父親は俺が殺して、女優である母親もあいつの目の前で犯してやった」

「そんな……」

目の前が真っ暗になるような錯覚《さっかく》を覚えた。

『何十人と殺される場面に――』

ハオが電話口で言いかけたことがあったが、あれが不動の仕業だったとは思わなかった。

「ハオの母親は相当の美人だ。ハオ自身を見ればわかるだろう？　あれほどの美貌《びぼう》を簡単に殺すのはもったいない。子どもに過ぎなかったハオが土下座して必死に頼み込んできたこともあって、生かしておくことにした。今も台湾で女優を続けているが、裏じゃ俺の組織の性奴隷《せいどれい》としてもいい仕事をしてくれている」

人を人とも思わない不動が煙草をくわえ、美しい一粒ダイヤが埋め込まれた大ぶりのライターで火を点ける。

なぜ、こんな話をしながらのうのうと煙草を吸えるのか、貴志にはまったくわからない。

不動やハオはやはり別世界に住む人間だ。

「ハオはいわば、担保だ。今、海棲会と台湾の組織は和平条約を結んでいて穏やかだが、なにかあったときには迷わずハオの首を落として送ってやると伝えてある。向こうの残党もメンツがあるし、血の繋《つな》がりを日本以上に大切にする。いずれは本国にハオを呼び戻してトップの血を蘇《よみがえ》らせたいから、今のところはおとなしくしている。ハオが俺の右腕であるのと同時に、都合のいい人形だというのは、そういう理由からだ」

胸が悪くなるような話を今すぐ忘れたいが、好奇心《こうきしん》を抑《おさ》えきれなかった自分にも罪《つみ》がある。ぐったりと窓にもたれ、貴志はむかつく胃のあたりをさすった。

「……あなたも、ハオも、ろくな死に方、しませんよ……」

「くだらない。そんなことは生まれてこの方、一度も望んじゃいない。これでも俺は、おまえにはずいぶんと丁寧にいろんなことを話してやっているし、許してやっている。普通だったらとっくに海の底に沈《しず》めてるぞ」

「俺を生かしておくのはなにか理由があるんですか。竜司の餌にするためですか」

「そうだな、それもある。それに、おまえはおもしろい。俺やハオとはまるで違う世界に住んでいるのに、やたらと首を突っ込んでくる。しかも単独行動を好む。そこが俺と似ていると思った」

「似ていません。俺は人殺しなんかしない。薬の取引なんかも絶対に認めない」

「品行方正に生きて、なんの楽しみがある？　誰かに褒《ほ》められたいのか？　認められたいのか？　バカバカしい。他人を信じてなんの得があるというんだ。いざというときに頼りになるのは自分だけだ。誰も信用ならない。貴志、今からおまえはそれを自分の身で知るんだ」

三本の煙草を吸い終えたあたりで、不動は車を静かに停めた。

都心から西に離れた、少し寂しい場所だ。

車を停めた右隣に、マンションがぽつんとあった。周囲は工場や倉庫が多い。

不動が貴志の眼前をふさぐように覆《おお》い被《かぶ》さってきた。

「ハオには俺がついていたが、おまえはひとりで行かせる」

「え……」

とたんに喉《のど》がからからに渇《かわ》き、ひりつくような痛みを感じた。

「ここまで来たんだ。竜司がどんな男か、おまえひとりで確かめてこい。竜司に嬲り殺されようが、殺し合おうが、誰かに助けを求めようが、構わない。もっとも、竜司を抑えきれるような人間がいるとは思えないがな。見張り役の組員もはずしてあるから、自由にしてやる。好きにしろ。竜司がいる部屋のキーをやる。五階の四号室に、竜司はいる。俺はここまでだ。車を降りろ」

肩を強く押されたせいで、貴志は車を降りるしかなかった。

不動の運転するベンツが走り去った後も、しばらく茫然《ぼうぜん》とその場に立ち尽くしていたが、きつく握り締めていた部屋の鍵《かぎ》にふと気づき、マンションを見上げた。

五階の四号室に、竜司がいる。

――竜司以外の誰かが一緒にいる可能性もある。俺はこれから裏切られると、不動は言っていた。

信じていた誰かを失うことは、とても怖いのだと今さら知った。

建物の中へ一歩入ったら、自分の価値観が崩れてしまう気がして、膝が震《ふる》える。

だが、なにかを失ってでも得たいものがあるのも真実だ。

失うのは人か価値観か、わからない。

だが、リョウと篠原を苦しみの世界から解放したいという願いを叶《かな》えるために、貴志はマンションの中へと入った。


マンションは不気味《ぶきみ》なほど静まり返っていた。

住人がほとんどいないんだろうか、と考えて、リョウに引きずり込まれたマンションを思い出した。あそこもそうだった。

今日明日にも取り壊《こわ》されてもおかしくない古ぼけたマンションで、貴志はリョウから最初の屈辱を味わわされたのだ。

リョウ＝篠原亮司と竜司は双子だから隠れ家に選ぶ場所も似ているのかもしれないというのは、さすがに穿《うが》ちすぎだろうか。

医者殺しをしてからずっと逃亡していた竜司に、身を潜める場所を悠然《ゆうぜん》と選べる余地はなかったはずだ。

たぶんここは、今朝方、竜司を確保した海棲会が所有している物件なのだろう。

――でも、竜司には共犯者がいる。不動の言葉が本当なら、今までずっと竜司は誰かの手によって見事に逃げおおせていたんだ。

物音一つしない五階の四号室前で、貴志は息を詰めていた。

逃げ出したい気持ちと、最後まで見届けなければという昂《たか》ぶりが胸の中で渦巻き、荒れ狂う。

一つ息を吐いて、汗でぬるつく鍵を差し込んだ。

ここまで来たからには、終わりまで見届けたいという思いが勝った。

できるだけ静かにノブを回して押し開いた。

「――不動か？」

耳聡《みみざと》い人物がいるらしい。奥の部屋から声が聞こえてきた。篠原ととても似ている声に、胸が痛くなるほどに鼓動《こどう》が跳《は》ね飛ぶ。

靴を脱《ぬ》ぎ、室内に入ろうとした矢先に、廊下の突き当たりにある扉《とびら》を開いて出てきた男と顔を合わせ、互いに絶句してしまった。

「……浅川《あさかわ》……」

同僚でなにかと気に食わない、けれど最近はわりと頻繁《ひんぱん》に情報を提供してくれる社会部のデスクを張る浅川がなぜ、こんなところにいるのか。

襟元《えりもと》をゆるめたシャツとスラックスを身に着けた浅川も、突然現れた貴志に茫然としている。どう見ても、潜入取材《せんにゅうしゅざい》に来ているという雰囲気《ふんいき》ではなかった。

「貴志、おまえ、どうしてここがわかったんだ……」

動揺で掠《かす》れる浅川の声に、ずっとぼやけていたピントがいきなり合った。

物事と人物の繋がりを残酷《ざんこく》なまでにくっきりと貴志に突きつけてくる。

――この展開は、わかっていたかもしれないけど、認めたくなかった。現実を目の当たりにするまで認めたくなかった。

叫《さけ》び出したいのを堪えて、貴志は目の前の裏切り者をしっかりと見据《みす》えた。

「おまえが、竜司の共犯者だったのか」

「お、……俺は」

うろたえて後ずさろうとする浅川の背後に、ゆらりと黒い影が立つ。

「なにやってんだ、不動じゃないのか?」

逞《たくま》しい身体をした浅川の肩越しに、ぎらりと吊り上がる目が見えた。

――人の目じゃない。

とっさに身震いするほどの鋭《するど》い眼差《まなざ》しを持つ男が「どけ」と浅川をあっさり押しのけ、眼前をふさいだ。

前を全部開けたシャツとジーンズというラフな格好の男だった。

篠原から潔癖《けっぺき》さと誠実さをすべて削《そ》ぎ落とし、一瞬で周囲を威圧させる力だけを残したら、目の前の男ができあがるのだろうか。

だらしなく羽織《はお》っているだけのシャツの隙間から、鍛《きた》え抜いた胸板や贅肉《ぜいにく》を絞《しぼ》り落とした腹が見える。

見るからにフットワークがよさそうな男だ。もちろん、悪い意味でだが。

「おまえが、篠原竜司か……」

「誰だてめえ」

あらためて聞くと、篠原亮司＝リョウよりももっと低い声だ。

薄く笑っているが、目に感情というものがまるで浮かんでいない。全身から発散する憎悪《ぞうお》に気圧《けお》されそうだ。

「誰にここを聞いた」

「海棲会の、不動さんです」

「敵か味方か」

ためらわずに人を殺せる声だと直感が告げる。

ストレートな問いかけに貴志は、「味方ではありません」と言い切った。

とたんに竜司が首をのけぞらせてけたたましく笑い出した。

狂気《きょうき》じみた声に、浅川が青ざめ、身を竦《すく》めている。

見れば見るほど、篠原にそっくりだ。髪は竜司のほうが少し長めかもしれない。

引き締まった細身の身体にスーツを着せて眼鏡をかけさせ、髪を整えれば、ほとんどの人が篠原と間違えるだろう。

「おもしろいな。不動の監視もナシに、味方じゃねえとハッキリ言って乗り込んでくるようなバカがいるとは思わなかったぜ。おまえ、亮司側の人間か」

「……っ……」

返答に窮《きゅう》したことで、竜司はますます凶悪《きょうあく》な微笑《びしょう》を見せる。

「おい、こいつを縛《しば》り上げて奥の部屋に連れてこい」

「りゅ、竜司さん、でも、それは……」

「早くやれ」

切って捨てた竜司に、浅川は観念した様子で近付いてきた。

「おまえ自身がここまで来たんだ、浅川はいつから竜司に加勢しているんだ？　あいつが人殺しだってわかってるんだろう？　なんで……っ、く……っ！」

「どういうことなんだ、浅川は……」


しかめ面をした浅川に腕をひねり上げられ、ジャケットとネクタイを無理やり引き剝《は》がされた。両手首を背後でひとまとめにされ、頑丈《がんじょう》なガムテープで縛られると、抵抗もできない。

戦地ジャーナリストとして腕を鳴らしてきた浅川だけに、人を拘束《こうそく》する場面はよく見ていたのだろうが、手慣れすぎている。

スラックスのポケットに入れておいた携帯電話や自宅の鍵といったものもすべて奪われた貴志は、浅川に頭ごと摑まれて奥のリビングに引っ張り込まれた。

見たところ、2DKぐらいの広さだろうか。

リビングには、大型のテレビと、向かい合わせに座れるソファだけで、窓には分厚い遮光《しゃこう》カーテンが引いてある。夕方前なのに、カーテンはきっちりと閉じられていた。

汗が瞬時に消えるほど、冷房が強めにかけられていた。

室温はたぶん、十五度から十七度しかない。暑いのが平気なリョウと違って、竜司は冷えた空間が好みらしい。

カウンター越しに見えるキッチンも大型の冷蔵庫があるきりだ。カウンターにはおびただしいコンビニやスーパーマーケットのビニール袋が置かれている。どれも、でこぼこに膨らんでいることから、保存の利く食料品だろうと見当をつけた。

「不動さんが用意してくれた部屋なのか？」

拘束された状態でソファに転がされた貴志が聞くと、向かいに座った竜司が左膝を立て、平然と頷《うなず》きながら旨《うま》そうに煙草を吸い始める。

裸《はだか》の胸がシャツの隙間《すきま》から見える。長い間、閉じ込められた暮らしを強いられていたせいか、男にしては肌が幾分《いくぶん》か白いが、盛り上がる胸筋や割れた腹筋は見事なものだ。

——不動が言っていたっけ。幽閉《ゆうへい》されていたあいだ、こいつは読書とトレーニングに励《はげ》んでいたと。

「俺は今朝来たばかりだが、そこそこの居心地だ。涼《すず》しくていいだろ」

「寒すぎると思うけど……慣れてるのか」

「おまえ、俺がこの十六年間、どういう場所にいたか知ってんだろ？　おい浅川、こいつが前に話してた鬱陶しい同僚の貴志って奴か」

「そうです」

脇《わき》に立つ浅川は、できるだけ貴志と目を合わせたくなさそうだ。

「ふぅん……なるほどな。海棲会のあたりで音を上げるはずだと踏んでたんだが、素人《しろうと》のくせしてなかなかやるじゃねえか」

じろじろと全身を舐め回すような視線が不気味だ。今の竜司は泰然《たいぜん》と構えているが、少しでも反逆しようものならまたたく間にねじ伏せてきそうな敏捷《びんしょう》さが感じられる。

「おまえ、不動とやったのか」

「……なんのことですか」

「不動に犯されたのかって聞いてんだよ」

「いいえ」

「んなわけねえだろ。あいつが損得抜きで他人を手助けするなんてあり得ねえんだよ。やられたんだろ？　男の悦《よ》さを知ってそうなツラだよな。どうだ浅川、俺の前でこいつを犯してみねえか」

「……それは、勘弁《かんべん》していただけませんか」

「ハハッ、変なところでキモちいせえよなぁ、浅川も。人を襲《おそ》っといて、男を犯すことはできねえってか」

「すみません、本当に」

「まあいい、おまえにはおまえの役目があるからな」

ふっとくちびるを尖らせて煙《けむり》を吐《は》く横顔は、やはり篠原と酷似《こくじ》しているが、言動はまるっきり違う。

竜司はずっと目を眇《すが》め、貴志の一挙手一投足《いっきょしゅいっとうそく》を見守っていた。いつがらりと機嫌が変わるか、まったく予想できない。

吸い尽くした煙草を灰皿にポンと放り投げた竜司が立ち上がった。

「──俺はもうちょっと寝る。浅川、こいつを見張っておけ。万が一逃したらどうなるかわかってるよな」

「絶対に逃がしません。竜司さんが起きてくるまで、ここで見張っています」

「じゃあな、貴志」

目も口も笑っていないが、小馬鹿にした声で嘲笑《ちょうしょう》する竜司が裸足《はだし》ですたすたとリビングを出ていく。

竜司のいた場所に腰を下ろした浅川を、貴志は本気で睨《にら》みつけた。

「こうなることを恐れて、俺は何度も篠原警視に近付くなと忠告したはずだぞ、貴志」

「どうして竜司の手助けなんかしてるんだ。どうして俺をはめたんだ？」

「竜司さんは革命を起こせる人間だ。あんなに立派で行動力のある人間を閉じ込めておくほうがおかしいんじゃないのか」

「革命って、おまえ……自分でなに言ってるのかわかってんのか？」

日常的ではない言葉に貴志は目を瞠《みは》った。

「わかってるさ、もちろん。貴志も、怠惰《たいだ》な日本の犠牲者《ぎせいしゃ》のひとりだ。平穏に慣れすぎて、いつ来るかわからない危険をまるで考えてない。もし今、他国からいきなり攻撃を食らったら日本はひとたまりもない。人災でも天災でも、政府が真っ先に尻尾《しっぽ》を巻いて逃げ出すような国を憂《うれ》うのは当然だろう？　竜司さんのような人がクーデターを起こして、澱《よど》んだ日本を生き返らせるべきなんだ」

途中から、浅川の声が陶酔《とうすい》しきっていることに気づき、寒気がした。

クーデターなんて、戦地ジャーナリストの言葉らしいと一笑に付すことができない。

竜司を讃《たた》える声音から考えてみても、浅川はもともと、「戦場」というものを好んでいた可能性がある。

　人と人が激突して殺し合い、武力で国一つが消失する戦争に強く惹《ひ》かれているなんて口にしたら、周囲に白い目で見られることは間違いない。

　だから、ジャーナリストになって戦地に潜《もぐ》り込み、現場の生々《なまなま》しい空気に触れたかったんじゃないのだろうか。

　竜司が持つある種のカリスマ性に、浅川は心酔し、崇拝者《すうはいしゃ》となったのだろう。

　しかし、ここでそれをなじるのはよくない気がした。

　カルト的な宗教団体に心を奪われた信者に、「目を覚ませ」と言ったところで反感を煽《あお》るだけで、逆に「世間は教祖様の素晴らしさを理解しようとしない」と頑《かたく》なになってしまう事件は、新聞記者として幾度も見てきた。浅川も似たようなものだ。

　とにかく、浅川を刺激しないよう話を進めていかなければ。

「どういうきっかけで、竜司さんと出会ったんだ」

　会社でさりげなく話すような雰囲気を装《よそお》ったのが功《こう》を奏《そう》したのだろう。浅川はどこかぼんやりした様子で首を傾《かし》げた。

「きっかけは……俺の間違いだったんだ」

「間違い？」

「篠原警視と間違えて、声をかけた。医者殺しがあった翌日だ。俺は聞き込みであちこち回ったんだが、めぼしい情報は拾えなかった。自宅に帰るついでに、現場とはだいぶ離れた新宿のバーに立ち寄った。小さい店で、めったなことじゃ一般人は来ない。そこで偶然《ぐうぜん》、篠原警視とバッタリ会ったから、慌てて名刺を渡して、声をかけたんだ」

「それで、話しているうちに、篠原警視じゃないとわかったのか？」

「ああ。きちんとスーツを着て、眼鏡もかけていたけど、本件に関する知識がかなり食い違っていた」

「どういうことだ」

落ち着いて問い返すと、浅川は少しためらいを見せながらも続けた。

「……犯行現場にいた人間にしかわからなかったはずのことを口走ったんだ。被害者の男性医師と男性助手の名前と年齢はもちろん、彼らがどんなふうに殺されたかということは未《いま》だ、どこにも出ていない情報だ。でも、事件翌日に出会った篠原警視はそれをすべて知っていて、俺に語った。楽しそうに喋《しゃべ》る篠原警視に、俺も最初は疑問を持った。それが顔に出ていたんだろうな。『亮司と間違えてるんだろう。俺は違う』って言われて……本当に驚いた。篠原警視が双子だなんて知らなかった。竜司さんは、篠原警視との相違点を一つ一つ丁寧に教えてくれたんだ」

竜司が初対面の男に正体を明かしたのは、浅川が大手新聞社の社会部デスクという肩書きを持っていたからだと推察《すいさつ》するが、余計な水を差して話を止めたくなかった。

殺人を犯したばかりだという危うい状態を、竜司自身が一番よくわかっていたと思う。念のために篠原とそっくりな格好をし、実家周辺から遠ざかった。

とはいえ、一気に都心を離れるのではなく、一日、二日は事件に関する情報を拾いたくて、新宿に身を潜めていたのだ。

そこに、新聞記者の浅川が現れた。竜司には願ったり叶ったりの展開だったはずだと考えると、気が重くなる。

「竜司さんはこの十六年間、家族の手によって幽閉されていたんだと教えてくれた。信じられるか？　身内の手で、竜司さんの自由は奪われたんだ。おまえとも以前、食事を一緒にしながらこの話をしたな。でもあのときはもう、俺はとっくに竜司さんから聞いて知っていた」

「幽閉された理由も、本人から聞いたのか」

「聞いた。十四歳の夏に、竜司さんがメイドを殺してしまったからだろう。多感な時期に年上の女性から誘惑《ゆうわく》されたら、たいていの奴は、はねのけられない」

「メイドが竜司を誘《さそ》ったと言うのか？　浅川、おまえ、それを信じたのか？」

身勝手な言い分を信じ切っている浅川に仰天《ぎょうてん》した。

「ああ。女のほうが竜司さんをそそのかしたんだ。結果的に、女は殺されるはめになったが、仕方ないだろう？　確かに竜司さんは少しやりすぎたかもしれない。でも、男と女じゃ差があるってことを、その女はよくわかってなかったんだ。竜司さんをたぶらかそうなんて思う女は死んでもおかしくないと思わないか？　長山《ながやま》の孫娘もそういう女の一人だったんだ。竜司さんが手を出したんだとしても、露骨に色気を振りまいたせいだ」

「浅川……」

浅川が、極端な性差別をするとは思っていなかった。これもまた、貴志が今まで知らなかった同僚の心に潜む闇《やみ》の一面だ。

「最初に会ったときから、竜司さんが深い悩みを持っていることはわかった。望まずして幽閉され続けてきて、かかりつけの医師たちに劇薬で殺されそうになった竜司さんは揉み合いの末に、彼らを逆にあやめてしまった。『自首したところで、正当防衛《せいとうぼうえい》は認められない』と悩んでいた竜司さんを、俺は見捨てられなかったんだ」

「だから――匿《かくま》ってきたのか、今までずっと」

「そうだ。今朝、竜司さんが実家に火を放つときも、俺はそばにいた。あの人の苦しい思い出が詰まってる家が燃えるのを一緒に見たかったんだ。今回は中途半端なところで火が消されてしまったけど、いずれ全焼させてやるという竜司さんの願いを、俺は叶《かな》えたい。嫌な思い出は、自分で消していくことが大事なんだ。貴志にはわからないだろうな」

真正面から視線をぶつけてくる浅川には、迷いが感じられない。

自分が間違ったことをしているとは微塵《みじん》も感じていないのだろう。

――おまえは言いくるめられているんだ。竜司の言うことは全部嘘だ、でたらめだ。あいつのせいで、どれだけ多くの人が犠牲になったか、本当にわかっているのか。

なじろうとした矢先に、リョウの顔がふっと浮かんで消えた。

――俺だって、篠原さんの裏人格であるリョウを匿っている。リョウは竜司と違って、人殺しをしたわけじゃない。むやみやたらに首を突っ込んだ俺は痛い目に遭《あ》ったけれど。でも、意図的に『ある人物を隠している』という点では、俺も、浅川も同じだ。

予想よりも遥《はる》かに手強《てごわ》い竜司にため息をつきながら、貴志は背後で拘束された手首の痛さを軽減するために身体をよじらせた。

「浅川の言い分はわかった。だけど、竜司をいつまでも隠し通すことはできないだろう？　この先どうするのか、考えはあるのか」

「さあ、……ないな」

気弱とも取れる笑い方をする浅川が、腕組みをしながら天井を見上げた。

「さすがにいろいろと手詰まりになってきていることは承知している……でも、俺はもう、平々凡々とした、窮屈《きゅうくつ》な日常に戻りたくない……この国は安全すぎるのか、先鋭的《せんえいてき》な考えを持つ人を敵視する風潮《ふうちょう》がある……おかしいと思わないか？　平穏な日常が続きすぎるとみんなバカになって競うことをやめてしまうんだ……同じような服を着て、同じような暮らしを好む……平均化される現状に慣れきってしまうことが、国の衰退《すいたい》を加速化させているとどうして気づかないんだ？　ある程度の戦いは必要なんだ、貴志。闘争本能《とうそうほんのう》が鈍《にぶ》っている人間は真っ先にふるい落とされて、よりすぐれた判断力と体力を持つ人間が生き残るために、戦争は必要なんだ」

ねじ曲がった選民意識をまくし立てる浅川に呆気《あっけ》に取られるしかなかった。

明朝新聞《みょうちょうしんぶん》に入社するまでの浅川は、大学在学中から戦地での一報を届ける敏腕ジャーナリストだった。

『でも、フリーランスの記者として、世界中を点々として食っていくのは本当に難しいんだ』

そう話してくれたのは、会社の先輩だったろうか。

インターネットでリアルタイムに情報が得られる今、誰もが目に留めるような記事を書けるプロのジャーナリストというのはそうそういない。

一般人が携帯電話のカメラやムービー機能を使って事件を世界中に発信できてしまう時代だ。

浅川も自身の能力に限界を感じて帰国し、明朝新聞という組織に身を寄せたのかもしれない。

——怖がらずに暮らしていける日本での毎日が、浅川にとっては退屈《たいくつ》で、鬱屈《うっくつ》していたんだろう。そんなときに、いつ安全ピンが抜けてもおかしくない手榴弾《しゅりゅうだん》みたいな竜司に出会って、理性のたががはずれたのかもしれない。

人間は、ひとりで狂っていくのではない。

第三者の影響《えいきょう》を受けて狂気を萌芽《ほうが》させていくのだという真実を、浅川の澄《す》んだ目の中に見てとった。

「残念だったな、貴志。そもそも、おまえが篠原警視の事件に興味を持たなければ、こんなことにはならなかった。文芸部でおとなしくしてりゃよかったんだよ」

「……俺は、どうなるんだ？」

「生きて帰れるなんて思ってないよな？」

陰鬱に笑う浅川の中にも、残虐《ざんぎゃく》な嗜好《しこう》があるのだ。

そこを一発で見抜いた竜司は、やはり普通じゃない。

同僚だったはずなのに、貴志は浅川の抱え込んでいた闇に気づけなかった。

紛争地域《ふんそうちいき》に果敢《かかん》に突っ込んだ過去の栄光を吹聴《ふいちょう》し、新聞社内でのし上がっていく奴だとしか思っていなかった浅はかな己《おのれ》に嫌気が差してくる。

――浅川にとっては、明朝新聞での地位なんて、実際のところどうでもよかったんだろう。

上昇志向はあったかもしれないが、彼が本当に欲しかったのは、リアルな戦争だ。

しばし剣呑《けんのん》な視線を交じえた。

浅川が立ち上がり、キッチンに向かう。冷蔵庫を開けて、器《うつわ》に液体を注ぐ音が聞こえてきた。

戻ってきた浅川は濃い液体で満たしたグラスを手にしていた。

「飲め。おまえに痛い思いをさせないのは、同僚としてのせめてもの優しさだと思え」

「なんだ、これ……！　やめ……っん、……、ぅ……っ」

力ずくで頭をのけぞらされ、液体を口の中に流し込まれた。

極上の舌触りのワインだが、ぴりっと痺《しび》れるような嫌な後味がある。

薬を仕込まれたのだとわかったときには、早くも意識が混濁《こんだく》していた。

「……なに、入れたんだ……」

「即効性《そっこうせい》の睡眠薬だ。眠れ、貴志。おまえは二度と起きない。次に目が覚めることがあったとしたら、天国かもな」

「あさ、か、わ……！」

叫んだつもりなのに、掠れた声にしかならなかった。

焦点《しょうてん》の合っていない笑みを浮かべた浅川がのぞき込んできたところで、貴志の意識はぶつんと途切れた。

「……っ、は……」

声がする。息遣いだろうか。

「っは、……ぁっ……は、……っ……」

波打つ胸の痛みと、喘《あえ》ぐような息遣いが自分のものだと気づき、貴志は慌てて目を開けた。

生きていた。殺されていなかった。

すぐ近くで、ゴトン、と重たい物が転がるような音が聞こえてきた。

まだ頭の底に重い痺れを感じながらもなんとか身体を起こしてみると、うつろな浅川と目が合った。

血溜まりの中に、澱んだ目をした浅川が転がっていた。

「……うあああああああああっ！」

室内中に響《ひび》き渡る絶叫《ぜっきょう》に、キッチンの陰《かげ》から竜司がふらりと姿を見せた。

竜司は笑っていた。

ぶら下げている大型のナイフに真っ赤な滴《しずく》が伝っている。

「ああ、ああああ、あ、あ……嘘だ、ああ、浅川、浅川！」

「叫《さけ》べよもっと。喉《のど》が潰《つぶ》れるぐらい叫べ」

ナイフを突きつけてくる竜司の両目がひときわ強く輝き出す。

「なんで、……どうして殺したんだ！　あ……浅川は、おまえを助けたのに……」

「助けた？　誰が助けてくれなんて言った？　こいつが勝手に勘違《かんちが》いしたんだろうが」

鼻先で笑い、竜司は無造作《むぞうさ》に浅川の身体を蹴り転がす。頭のてっぺんが無惨にへこんでいた。なにか硬いもので思いきり殴られたのだろう。聞くに堪えない音が響いた。

残酷な場面を見たくなくて、貴志は必死に顔をそむけた。

「浅川は、もう用済みだ。俺が本気で眠ってると思ったか？　んなわけねえだろ。おまえたちの会話はずっと聞いてたぜ。まあ、こいつも今まではそこそこ役立ってくれていたが、この先は足手まといだ。俺の逃亡先もろくに思いつけない奴は死んでもおかしくないだろ」

　ソファに腰掛けてきた竜司が、囁《ささや》いてくる。

「なあ貴志。俺を助けろよ」

「な……っ！」

「篠原亮司の言ってることは全部嘘だ。あいつの優等生面《づら》に全員騙《だま》されてるんだ。俺はその最たる被害者《ひがいしゃ》だ。常識的に考えてみろよ、なあ貴志？　生きた人間を——それも双子の兄を十六年間も閉じ込めておいて、平然としてる奴のほうが変だと思わねえか」

　血のついたナイフを持っていなかったら、ぎらつく目をしていなかったら、きちんとした服装と髪型をしていたら、竜司の言うことにも一理あると思ってもおかしくない。

　篠原とそっくりな顔立ちと声をしているだけに、彼が言うことも、ある意味では正しいとぐらついてしまいそうだ。

　だけど、だめだった。

　身を乗り出してくる竜司の肩の向こうに、じわじわと黒ずみ、床に広がっていく血溜まりが見える。

「ふざけるな！　篠原さんが嘘をついていたとしても、おまえが浅川を殺していい理由にはならないだろう！」

「ふーん、真っ当でつまらねえなぁ……いや、そうじゃない……、おもしろいか？　ああそうだな、浅川よりおもしろいかもな。おまえには浅川になかった反発力ってのがあるな」

身勝手すぎる自問自答で笑う竜司が怖くてたまらない。彼の思考回路は、自分とは全然違う。リョウともまったく違うので、先が読めない。

「おまえもわかってるだろうけど、浅川はバカでさ。俺の話を一から百まで信じ切るんだぜ。心酔するのは構わねえけど、ちょっとは疑えって思うだろ」

「でも……その浅川のおかげで、おまえは今まで警察から逃れることができたんじゃないか。殺すことはないだろう」

「生かしておく理由もねえだろ」

即座《そくざ》に竜司が切り返してきた。

「あんな底の浅いバカが警察に捕まったらどうなる？　俺に不都合な話をべらべら喋る可能性は大ありだ」

いかにも正論だと言わんばかりの語調に、貴志はくちびるを噛んだ。

「……だったら、海棲会を頼ったのはどうしてなんだ。不動だって、いつおまえを裏切るかわからないだろう」

「俺を裏切った奴は全員殺す。邪魔する人間も排除《はいじょ》する」

声を落とす竜司がどれだけ恨み深い性質か、今の一言でわかった。

浅川は竜司の影響を受けておかしくなってしまったが、竜司自身はこの世に生まれ落ちたときから、とてつもない狂気を宿していたのかもしれない。

生まれ育ちに関係なく、残虐《ざんぎゃく》な行為を平然と行うかたわら、社会には適応できるという者がまれに存在する。

竜司は自分の欲、スリルを満たすことだけに執着《しゅうちゃく》し、相手の都合など一切考えない。

他人を抑圧し、自由を奪う楽しみを味わい尽くし、用がなくなったと感じたら、簡単に殺すのだろう。

そこに良心の欠片《かけら》もないことは、ほんの少し気を失っていた間に、竜司の逃走を手助けしていた浅川をあっさり殺したことからも窺《うかが》える。

「不動はまだ今のところ、俺の手駒《てごま》としてよく動いている。言っておくがな、だてに十六年も幽閉されてきたんじゃねえんだよ。それぐらいの勘《かん》が鋭くなくて、どうして、あの家を脱出できたと思ってるんだ？」

楽しげに囁く竜司を十六年も幽閉しておいたのは、確かに間違いだった。

檻《おり》の中で、彼は生きる気力を失うどころか、周囲に対する憎しみを滾《たぎ》らせ続けていたのだ。

『奴は死ぬまであの部屋に閉じ込めておくか、医者が薬の調合を故意に間違えて早めに殺しておくべきだった。あいつだけは世に放っていい存在じゃない』

以前、不動が言っていたことに手放しで賛同《さんどう》することはできない。

だが、幽閉するのではなく、きちんとした治療が受けられる病院に預けるべきだったのではないかと考えてしまう。

——篠原家は名門だから、竜司の存在をひた隠しにしてきた。竜司は生まれつき凶暴で、学校にも通っていないとリョウが言っていた。そんな男を外に出して、病院に預けるなんてことをしたら、いつどこから秘密が漏《も》れてもおかしくない。篠原家の名前を守るためだったんだろうが、十六年も自由を奪われて生かされた苦しみが、竜司をますます歪《ゆが》ませたんだ。

「長山《ながやま》さんを襲って怪我《けが》させたのも、おまえか」

「あのジジイか。あれは浅川にやらせた」

「浅川に？」

「あのあたりの警備がまだきつい時期だったからな。俺が動くより、浅川にやらせたほうが手間が省けるだろう。長山のジジイは死ななかったんだから、べつにいいだろ。それとも、殺したほうがよかったか？　そのほうが簡単だよな。でも俺は、長山に恐怖心を植え付けてやりたかった。生きてる間に、また襲われたらどうする？　あいつの孫娘が味わった怖さを自分がいつか体験すると思ったら、貴志は平常でいられるか？　いられねえだろ。怖くて怖くて死にたくなるよなぁ。そういうの、考えただけでゾクゾクするだろ」

「おまえ……！」

ただ憎しみだけを募らせて人を殺すのではない。

もっと深いレベルで、竜司は他人の心を掌握《しょうあく》することができるのだ。

「十六年間も俺を閉じ込めて、生かし続けた礼は全員にしてやるよ。当然、貴志と亮司、おまえらにもだ」

口の端《はし》を吊《つ》り上げた竜司が思いきり首筋《くびすじ》に噛みついてきた痛みに、貴志は絶叫した。

「やめろ、やめてくれ！」

激しく揉み合い、ソファから転げ落ちたところへ、竜司がのしかかってきた。

もどかしそうにジーンズを脱ぎ落とし、ぶるっとそそり立つ男根を扱《しご》き上げる竜司の両目は淫蕩《いんとう》を通り越して、凶悪すぎる。

「そろそろ溜まってきてんだよなぁ……。不動んところの部下を犯ったきりだからな。おまえを犯しながら亮司を呼び出すか？　どうする？　いいな、それがいい、亮司は頭でっかちのお坊ちゃんだからよ、表向きにはこういうことに興味がねえって顔してるけど、実際はそうじゃねえよな、絶対。貴志、おまえ、亮司と親しいんだろ？　だったらめちゃくちゃにしながら、その場面を亮司に見せてやる。浅川から、亮司の捜査用のプライベート番号を聞いてあるんだ」

「ぐ……っ、……ふ……」

頑丈《がんじょう》な左手で口をふさがれ、悲鳴すら上げられない。

「死んだほうがマシだって思わせてやるよ」

「ん――、んん……！」

パッと手が離れたと思ったら、竜司のいきり立つものを口深くに突き込まれた。

歯を突き立てることもできないほどに激しく挿入《そうにゅう》され、窒息《ちっそく》しそうだ。

竜司のすることはセックスなんてものじゃない、力ずくの陵辱《りょうじょく》でしかない。

不動があてがった女のほとんどが病院送りになったのも無理はない。

一方的に腰を動かしていた竜司が大きく息を吸い込み、唐突《とうとつ》に射精《しゃせい》を始めた。

濃い精液を喉奥にぶちまけられ、涙が滲《にじ》んだ。

「ん、ぐ、……ぅ……！」

「まずは一発目、っと。……にしても、おまえ、へったくそだなぁ。舌の使い方も知らねぇのかよ。次、もうちょいうまくできなかったら、絞《し》め殺すぜ」

「っは、っぁ、は、ぁ、っ」

どくどくとあふれ出る精液で顔も汚された。

一度達してもほとんど萎《な》えないままの肉竿を貴志に咥《くわ》えさせたまま、竜司はソファに置いていた携帯電話を取り上げる。

「続けろ」

髪を摑まれて、嫌でも舌の上に竜司の感触が伝わってくる。

泣きたいのを必死に堪《こら》えて、最低限の奉仕をした。

逆らえば死ぬということだけは痛感していた。

「……ああ、亮司か？　久しぶりだな。俺に会いたかっただろ。俺もそうだ。——てめえの仲間がのこのこと俺のところに乗り込んできてよ、ちょうどいいからよ、犯してやってんだ。名前か？　貴志誠一《きしせいいち》って奴だ。くだらねえ、ゴミみたいな新聞記者」

「……ぐっ……！」

電話の向こうで篠原が真っ青《まさお》になっているのが目に浮かぶ。

「今からすぐにここへ来い。少しでも遅いと俺が感じたらその場で貴志は殺す。俺もまた逃げるが、一度、おまえの顔は見ておきたいんだよ。早く来い。住所は……」

マンションの場所を告げた竜司が笑い声を漏らす。

ずっと追ってきた竜司自身からコンタクトを取ってきたこと自体、最大のストレスの引き金になるだろうに、こんなにも堂々と居場所を明らかにされたら来ないはずがない。

それが彼の心をどんなに重くさせようとも。

「またイキそうだ、貴志の口の中にもう一回出しとくな」

悠々と喋りながら口淫《こういん》を強《し》いる竜司がぐっと腰を突き入れてきて、二度目とは思えない大量のほとばしりを放つ。

どんなに汚されても、竜司の体液など一滴も飲みたくなかったので、口から溢《あふ》れるに任せた。

「今からすぐに亮司が来るってよ。警視ってお仕事も大変だよなぁ？　世のため人のため……とか綺麗事並べてるけどよ、結局は他人の賞賛を浴びたいんだろ。バカバカしい。なにが楽しくてやってんだかさっぱりわからねえな」

「おまえに……、篠原さんの、苦しみがわかってたまるか……！」

「言うなぁ、貴志も。おもしれぇおもしれぇ。次はおまえの中に突っ込んでやる」

「……好きにしろ！　やりたいならやればいい。おまえは他人を踏みにじることでしか快感を得られない最低の人間だ。俺は、絶対に屈しない」

「ホント、言ってくれるじゃねえか」

目を細めた竜司が暴《あば》れる貴志から無理やりスラックスを剝《は》ぎ取り、後ろの窄《すぼ》まりを乱暴にまさぐってくる。

「こんなにきついんじゃ、気持ちよくできねえ。もっとゆるめろ」

「無理だ、そん、なの……！」

「じゃ、コレでも突っ込んでおくか」

周囲には何本もの空のワインボトルが転がっていた。

きっと、貴志が気絶している間に浅川をうまいこと丸め込んで、手柄を褒《ほ》めつつ、酔わせたのだろう。

浅川は劇薬を盛られて昏睡《こんすい》したのかもしれない。

そうでなければ、彼ほどの大柄な男を倒すのは不可能だ。

いくら浅川が竜司を崇拝していたからといっても、殺されるとわかったら間違いなく乱闘《らんとう》になっていたはずだ。

細口のボトルの先端をぐいぐいと窄まりに押し挿《い》れられ、引き裂《さ》くような痛みに呻いた。

篠原が一刻も早く駆けつけてくれればと懸命に願う反面、――こんな無様な姿をあの人だけには見られたくないという思いが複雑に入り混じった。

篠原も立場上、残酷《ざんこく》な場面は見慣れているだろうが、浅川が殺され、知人である自分が竜司に犯されている場面を目にしてしまったら、ますます手酷い精神的ダメージを負うかもしれない。

――だからといって、平気だ、という顔をすることもできない。こうなることをある程度覚悟して俺は単身乗り込んできた。もし、篠原さんが本当にここに来て、竜司から助けてくれたら、そのあとのことは大丈夫だ、たいしたことはされていないと念を押せばいい。

陰惨《いんさん》を極める竜司の暴力に、呻きながらも耐えた。

無理やりワインボトルを挿入された苦痛と屈辱を鮮《あざ》やかにすることで、意識を手放すことだけはしなかった。

だが、あともう三分、もう一分でも全身の骨が粉々《こなごな》に砕《くだ》かれるような痛みが続けば気を失う。

「リョウ、……篠原さん……！」

靄《もや》のかかる意識で、小さく呟《つぶや》いたときだった。

遠くから扉の開く音が聞こえてくる。

土足のまま何者かが駆け込んでくる気配に、貴志の体内にボトルをねじ込んでいた竜司がぴくんと頭を揺らした。

「よう、亮司。久しぶりだな」

「竜司……」

スーツ姿に眼鏡をかけた篠原が茫然とした様子で竜司と貴志を見やる。

急いで来たせいか髪も息も乱れていた。

殺された浅川も目に入ったらしく、青ざめていた顔が、さらに血の気を失っていく。

室内で起こったすべてを把握した篠原の、「……貴志さん……」と呟く声は掠れていた。

一卵性の双子である篠原亮司と竜司をいっぺんに見るのはこれが初めてだった。

身なりは対照的だが、並んで立てばほとんど区別がつかない。

合わせ鏡《かがみ》か、ドッペルゲンガーを見ているような錯覚を覚える。

「……篠原さん、見るな！　頼むから見ないでくれ……！」

異物を挿入されている痴態《ちたい》を篠原に見られたくなくて、貴志は嗄《か》れた声で叫んだ。

「頼むから……」

「こいつ、おまえのパシリだろ？　度胸がいいのは認めてやる。フェラチオはなってねえけどな。ま、結構そそる顔と身体だ。今からこいつを犯してやるよ。おまえまで俺に殺されたくないだろ？　亮司は黙ってそこで見てな」

「……黙って見てろだと？　ふざけるな」

竜司の挑発《ちょうはつ》を受けて立ったのか、唸《うな》り声を発した篠原が眼鏡を乱暴に投げ捨てた。

その双眸《そうぼう》が突然生気を宿し、ぎらっと底光りしたことに貴志は声を失った。

見た目は篠原だが、漲《みなぎ》る精力が違う。

ダッと地面を蹴って走り寄り、篠原が素早い身のこなしで竜司を蹴り上げた。思いきった蹴りに、竜司が吹っ飛ぶ。

それと一緒に貴志を苛《さいな》んでいたボトルも部屋の隅《すみ》に転がっていく。

「ッ……くっそ、なにすんだてめえ！」

「当然のことをしてるだけだろ」

邪険《じゃけん》に突き放す声は、篠原そのものだが、険がありすぎる。腹を押さえて、咳《せき》込む竜司を冷ややかに見下ろしていた。

「亮司、てめえ！」

「し――しのはら、さん……？」

「すぐに助ける」

壁にすがり、立ち上がろうとしている竜司から視線を離さない篠原が強く言い、すかさずもう一発蹴りを入れ込んだ。

しかし、竜司もそれを予測していたのだろう。

ひゅっと後方に飛び退《の》き、ニヤニヤ笑いながらものも言わず拳《こぶし》を振り上げる。

篠原もほぼ同時に構えた。

間の読み方が互いに絶妙だった。わざと息を合わせているわけではないことぐらい百も承知だが、言葉にしなくても双子だけに通じる力というものがあると聞いたことがある。

数分、数時間差で生まれた双子は見た目からしてうり二つで、声も同じ、仕草もそっくりだ。『魂《たましい》の双子』というたとえにあてはまるような親密な関係を築く者たちもいれば、あまりに似すぎていることに、自分のアイデンティティを相手に奪われたと互いに深い憎悪《ぞうお》を抱くケースもある。

自立心が強くなる思春期、とくに篠原亮司と竜司の葛藤《かっとう》はとてつもないものだっただろう。

がつっと音を立てて二人の拳が宙でぶつかり合う。

軋《きし》む骨の音が貴志にも聞こえてきそうだった。

彼らはＤＮＡさえ同じなのに、憎み合っている。

「……しばらく会ってないうちにやるようになったじゃねえか。昔は殴られたらすぐわめくような鬱陶《うっとう》しい野郎だったくせに」

「昔と一緒だと思うな。俺が成長しないとでも思ったか？」

十四歳まではともに育ってきた弟のらしからぬ余裕と圧倒的な力に、竜司も一瞬驚いたのだろう。

その隙を狙い、篠原は俊敏《しゅんびん》に身をかがめ、竜司に強烈なアッパーカットを食らわせた。

「ぐッ……！」

傍から見ていても、竜司の顎が砕けたんじゃないかと恐れるほどの力だ。

――ここにいるのは、本当に篠原さんなのか？　もしかして、まさか、リョウなのか？

混乱しつつも貴志は必死に散らばった衣服をかき集めた。

またも倒れ込む竜司に馬乗りになった篠原の乱闘は凄《すさ》まじい。襟首《えりくび》を摑んで締め上げていくものの、竜司も黙っていない。

篠原の頑丈な手を引き剝がすのが無理だとわかると腹筋に満身の力を込めて起き上がった勢いで、頭突きを食らわせた。

篠原がのけぞり、ふらっと身体を揺らした。

「形勢逆転か？」

竜司が笑い、浅川殺害に使ったナイフに手を伸ばす。それを見たとたん、貴志はなにも考らずに全力で竜司に体当たりをぶちかましていた。

「……クソッタレ！　おまえらまとめて殺してやる！」

壁に強く頭を打った竜司が、一拍置いて飛びかかってきた。

その一拍が、勝負をつけた。

「やめろ！　もう終わりにしろ！」

篠原が素早くジャケットの内側から銃を抜き取り、竜司に向かって引き金を絞《しぼ》る。

あと少し竜司の勢いが強かったら、あと少し篠原が先走っていたら、竜司は撃《う》たれていたはずだ。

「貴志、来い」

「……リョウ……？」

かすかにリョウ＝篠原が顎を引く。引き締まった背中にかばわれ、貴志は迷わずその手にすがりついた。

貴志、と呼ぶ声に、――リョウだと、悟《さと》った。

――ここにいるのは、篠原さんだけど、リョウだ。いつからリョウになっていたんだろう？　どの時点から、篠原さんはリョウにスイッチングしたんだろう？　竜司と言い合いになったあたりからか？　竜司は、リョウの存在を知らない。篠原さんの人格が分かれていることを知っているのは、俺だけだ。

篠原本人が受け止めきれない衝撃を食らったとき、リョウは現れる。

元はと言えば、竜司が諸悪《しょあく》の根源《こんげん》だ。

竜司の飽《あ》くなき暴力を防ぐために、篠原はリョウを生み、負の場面をなんとか乗り越えてきたのだ。

――篠原さんも、リョウも、俺を助けに来てくれたんだ。

息を切らし、追い詰められた手負いの獣《けもの》のように凶悪な顔をする竜司と対峙《たいじ》する、篠原亮司

＝リョウの二人からまるで目が離せない反面、この場にそぐわない、狂おしいほどの歓喜が胸に渦巻いていた。

——リョウが俺を助けに来てくれたんだ。

そのことがたまらなく嬉《うれ》しくて、篠原の手をきつく摑んだ。

「竜司、もうやめろ。三人……いや、ここにいる浅川記者も含めて、四人も殺しておいてまだ足りねえか。いい加減にしろ。他人はおまえのおもちゃじゃねえんだよ」

端整な見た目とは裏腹に語気が鋭い篠原に、竜司が目を見開く。

「おまえ、本当に亮司なのかよ？」

「じゃなかったら誰だっていうんだよ。おまえにやられた傷、見るか」

銃を握ったままの左手のジャケットとワイシャツの袖《そで》を一気にまくり上げた篠原の腕に残る傷跡《きずあと》に、竜司はまじまじと見入っていた。

十六年前の夏、双子の弟に残した傷跡を、竜司も覚えていたようだ。

一瞬前までの殺気が嘘のようにかき消え、茫然としている。

「本当に、亮司……なんだな」

「ああ。今度はきちんと外部の病院で治療を受けてもらう。人殺しはもうおしまいだ」

「おまえに捕まる日が来るとはなぁ……」

天井を見上げている竜司はここが瀬戸際《せとぎわ》と悟ったのか、深いため息を漏らした。

その隙に篠原が近づき、竜司に手錠《てじょう》をはめ、念のためにネクタイで両脚も縛り上げた。床に転がる竜司が放心しきっていることを確認した篠原が眼鏡をかけ直し、急いで貴志の元へと戻ってくる。

ジャケットを脱いで、ボロキレみたいなシャツをかき合わせていた貴志に羽織《はお》らせ、紙切れも押しつけてきた。

「……リョウ……」

「今は喋っている場合じゃない。早くここを出ろ。今から俺は亮司として警察に電話を入れて、竜司の身柄を確保する。おまえをこれ以上厄介《やっかい》ごとに巻き込みたくない」

「でも、俺の指紋《しもん》だってあちこちに残ってる。言い逃れできない」

「おまえがいたという痕跡《こんせき》はすべて消す。もし残っていても、不明のものとして片付ける。悪く思わないでくれ。……おまえのためで、亮司のためでもあるんだ。ここを出たら、このメモに書いてある病院に行って身体を診《み》てもらえ。医師には事前に電話をしてある。裏に顔が利く病院だ。おまえの身元はばれないから安心しろ」

「でも、リョウ、俺は……！」

ジャケットにくるまった貴志の腕をリョウが摑んできて、「もう一つ」とマンションの鍵を渡してきた。

「大丈夫だ。俺と亮司に任せろ。夜、俺のマンションで会おう。場所は覚えてるな？」

「覚えてる。路地の奥にあるマンション……だよな」

「そうだ。どんなに遅くなってもかならず行くから、待ってろ」

「わかった」

胸に熱く切ない感情がこみ上げる。このまま、いつまでもリョウの手を握っていたかった。

だが、背後で響くうつろな笑い声に、貴志もリョウも顔を強張《こわば》らせた。

「捕まっちまったのはしょうがねえかぁ……。なあ、亮司、ここでいっそひと思いに俺を殺しておいたほうがいいかもしれねえぜ？　生かしたまんま捕まえるのは身内びいきか？　病院に閉じ込めたところで、俺の考えることは変わらねえんだよ」

やはり竜司の執念《しゅうねん》というのは、そう簡単にへし折れるものではない。

挑発的《ちょうはつてき》な言葉に、篠原亮司＝リョウがまなじりを吊り上げて振り向く。貴志の手を折れんばかりに掴むことで、リョウなりの自制心を制御《せいぎょ》しているように思えた。

貴志も強く握り返した。『大丈夫だ』と自分も言ってやりたかった。

「おまえには今度こそ生きた状態で罪を償《つぐな》ってもらう。考えることが変わらないなんていう強がりは今のうちに好きなだけ言っておけ。脱走することなんか二度と思い浮かばないように、手厚い治療をしてやるさ」

「……てめえ、ほざけよ。次は殺すからな」

「おまえに、『次』は絶対にない」

きっぱりと言い渡したリョウが、貴志の背中を押した。

「行け。夜に会おう」

囁き声に頷き、貴志は後を振り返らずに駆け出した。


貴志は根気強く待ち続けた。

リョウが手配してくれた病院で出してもらった鎮痛剤《ちんつうざい》がよく効いていて、ときおりうつらうつらしたが、『かならず行く』という彼の言葉を信じ、あの路地奥にあるマンションの一室で、ひたすら待っていた。

テレビもなにもない部屋は殺伐《さつばつ》としていたが、今の貴志は娯楽《ごらく》を必要としていなかった。

竜司の隠れ家を飛び出した直後、量販店に寄って適当な衣服を買って着替え、新宿にほど近い、とある雑居ビルの一室でいくつかの怪我を負った身体を診てもらった。

病院とどこにも看板を出していないので、外から見たら、扉一枚開けた中にさまざまな医療器具がところ狭《せま》しと並んでいるとは到底想像できない。

『一時的な痛みはあるかもしれないが、どこも折れていないし、ヒビも入っていない。薬を飲んで、数日安静にしていなさい』

白い上っ張りを羽織った医師が言っていた。

闇家業に就《つ》く者や、わけあって適正な治療を受けられない者を専門に診る裏社会の医師なのだろう。

貴志より少しだけ年上に見えた医師の声や物腰はとても落ち着いていて、今までかかってきた正規の免許を持つどの医師よりも手早く、丁寧な処置を施《ほどこ》してくれた。

医師ひとりがてきぱきと動く静かな室内には、助手がいないようだった。

『看護師はいないんですか』

『ああ。だいたいのことは僕ひとりがやれるからね』

『……奥のカーテンの向こうには、手術台でもあるんですか？』

『そうだよ。弾《たま》の摘出《てきしゅつ》や、縫合《ほうごう》なんかの場合に使う』

物騒なことをさらりと言う医師が、小さく笑った。

『好奇心が旺盛《おうせい》なようだね。あまり無茶をしないほうがいい。きみは、ちょっとヤクザには見えないし』

『違います』

『長生きしたいなら、余計なことには首を突っ込まないこと。ここでの診療も忘れるように』

『……わかりました』

リョウが手回ししてくれていたおかげで、保険証も見せなくてすんだし、『代金は前払いでいただいているよ』と言われたので、恐縮しながらも病院を後にした。

そして今、深夜一時を過ぎようとしているが、篠原からも、リョウからも電話はない。

「リョウ……」

彼が羽織らせてくれたジャケットを握り締め、ベッドに横たわった。

少し前に、コンビニで買ってきたサンドイッチを食べ、薬を飲んだことで、痛みはほとんどない。

浅い裂傷はあったが、竜司に殴られたり蹴られたりしたわけではないので、身体はつらくなかった。

つらいのは、心だ。

一刻も早く、リョウの顔を見て安心したかった。

そう思うかたわら、表人格の篠原が竜司を外の病院に預けることで、今後どれだけの重責を担《にな》うかと考えると胃が痛い。

そのあたりも、リョウが補っていくのだろうか。

リョウはいつまで篠原を支えていくのだろう。

今日のスイッチングの早さから想像するに、もしかしたらリョウという人格は、すでに篠原を制圧しているのかもしれない。

――『俺自身の意思で行動したいこともある』と、以前リョウは言っていた。ひとりの人間に二つの人格が入っていて、表人格は裏人格の存在を知らない。すべてを承知し、厳しい部分を消化していく裏人格のリョウが、本来の篠原さんを乗っ取って動きたいと思うのもおかしくないんだ。でも、それはそれでつらい。篠原さんが無意識に人格を分けてでも、懸命に生き抜こうとしてきたことを、今の俺は知っている。身勝手すぎるかもしれないけど、リョウと篠原さんはこれからも同じ身体の中に存在していてほしい。そんなのはダメだろうか。許されないだろうか。

何度も寝返りを打っているうちに眠くなってきて、リョウの残り香がするジャケットにくるまってうとうとし始めた。

遠くで、カシャリと鍵を開ける音が聞こえたときは夢を見ているのかと思ったが、ベッドそばに立つシルエットに、跳ね起きた。

「あ……」

スーツをぴしりと着こなし、眼鏡をかけ、髪も綺麗に整えた篠原亮司が立っている。

でもここは、リョウだけが知る隠れ家だ。

「どっち、なんだ？」

惑《まど》う貴志の問いかけに、篠原は可笑しそうに笑いながら眼鏡をはずし、ネクタイをゆるめた。

貴志が初めて心から愛した男の仕草がそこには確かにあった。

「俺だ」

「リョウ!」

無我夢中《むがむちゅう》で目の前の男に抱きついた。

勢いがある抱擁《ほうよう》にリョウは驚いて苦笑しているが、何度も確かめるように抱き締めてくれた。髪を指で梳《す》かれ、背中を優しく撫でられると、――やっぱりリョウがいい、と切実に願ってしまう。

「よかった……、待ってたんだ。ずっと、リョウのこと」

「遅くなって悪かった。怪我の具合はどうだ」

「大丈夫だ。数日安静にしていればいいって言われた。今も薬を飲んでるから、痛みはない。

そっちこそどうなんだ。……警視としての立場は守れそうか?」

「まあな」

短く言ったリョウが真顔になり、貴志の手を摑んだままベッドに腰掛ける。

「……さすがに今回は俺も肝《きも》が冷えたぜ。実家に火を点けたのが竜司だってわかった瞬間、亮司は取り乱しそうになった。でも、今回は、最終的にすべてが明らかになってもいいと覚悟を決めていたんだろうな。感情を抑え込んで、みずから捜査の指揮《しき》を執《と》ったんだ。今のところまだマスコミには箝口令《かんこうれい》を敷いてあるが」

「そうだったのか……。篠原さんが、自分から……」

「竜司は間違いなく、海棲会が取り押さえているだろうと踏んでいた。ただ、相手は暴力団だ。

いくらウチと長い期間の密約《みつやく》があったとしても、今の竜司を確保することも、引き渡してもらうこともどんなに困難か、亮司が一番よくわかっていた。当然、不動たちは巨額の報酬を要求してきた。それもほぼ永続的に支払うという条件付きでな」

「その話にはまだ頷いてないいんだろう？　だって結局、不動は俺を竜司の隠れ家に案内したんだ。殺し合うなり、助けを求めるなり好きにしろって言ってた」

「問題はそこだ。貴志、どうして勝手に動いたんだ？」

「え……」

頭を抱えていたリョウが指の隙間から鋭い視線を向けてくることに、貴志は無意識に後ずさった。

「殺される、と何度もいろんな奴がおまえに忠告したよな。俺にしろ不動にしろ、おまえにネタをリークした他のマスコミも、長山も……おまえを裏切った浅川も、――それから亮司も幾度となく忠告したよな。竜司に近付いたら殺されるかもしれないって。どうしておまえは人の言うことを聞かないんだ？」

当然の叱責《しっせき》に、返す言葉もない。

貴志は黙ってうなだれていた。

確かに自分が勝手な行動を取らなければ、ここまで大事にはならなかったかもしれない。

「今日は本当に危なかったんだ。竜司から電話を受けるまで、亮司はなんとか自制心を保って動いていた。でも、おまえが竜司に捕まったと知って、酷《ひど》いショックを受けた。それでもまだ、亮司は乗り越えようとした。わかるか？　あいつはあいつで、おまえを助けたかったんだ」

「……篠原さんが、俺を？」

「ああ。あいつは初めて、自分の身内のことを他人に明かした。それが貴志、おまえだ。危険だとわかっていても竜司を追い、捕まえることに協力したいと言ったおまえに、亮司は生まれて初めて心を許したんだ。だから、おまえの部屋にも行ったたし、一緒に食事もした。うっかり居眠りすることまでしてしまった」

「そんなことまでリョウは知ってるのか」

「知ってるさ、当然。誰を疑い、誰が敵になるかという亮司の暗黒を、俺はこの十六年間見続けてきたんだ。あいつの心の動きはすべて掌握していた。……おまえを信じて、託《たく》してもいいんだと思ったときの亮司の安堵感《あんどかん》は、どういうふうに言ってもわからないだろうな。俺もうまく言えない」

「リョウ……そんな言い方するなんて、おまえらしくない」

「俺らしいって、どんなのだ？　わからねえよ、そんなこと言われても。俺の元は篠原亮司だ」

声をひそめたリョウが再び頭を抱え込む。

出会ったときからずっと好戦的だったリョウの脆《もろ》い部分をかいま見たことで、愛おしさが増していく。

負の面を背負うためだけに生まれた人格に弱さが出たら、どうなるのか。

貴志にも想像がつかない。

篠原もリョウも支えきれない、さらなる深淵《しんえん》が生まれてしまう可能性がある。

だが、それは今の貴志にどうこうできる問題ではない。

精神科医ではないのだから、篠原亮司とリョウのなだめ方というのもわからない。

自分の身の丈を知っているなら、正直な想いを明かすだけだ。

貴志はみずからリョウの手を摑み、頰にあてがった。

「貴志……」

「俺は、リョウが好きだ。篠原さんのことはもちろん、尊敬している。あの人のほうも、そんな感じだ。リョウが言ったとおり、初めて自分の過去を明かせた人物として俺を信じてくれるなら、それはとても嬉しい。でも、お互いにこれが恋愛感情じゃないことはわかってる。俺が好きなのは、リョウなんだ」

「バカ言うな。俺は亮司の荒ぶりを解放してきた負の人格だ。おまえに最初にしたこと、もう忘れたのか？」

「覚えてる。その後にしたことも全部、覚えてるよ。リョウの存在がどんなふうにして生まれたか、俺だけが知っている。俺が逃げ腰になって東京を離れたとき、リョウにすがった。急な呼び出しに、おまえは応えてくれたよな。あのときはもう、俺を脅すためだけじゃなかっただろ？」

「……さあな」

「俺は、篠原さんのこともリョウのことも救いたかった。竜司や不動たちの呪縛《じゅばく》から、リョウたちを解き放ちたかったんだ。役に立ちたかったから、竜司の隠れ家にも乗り込んだ。……乱暴されたけど、心まで踏みにじられたわけじゃない。不動にも、竜司にも、俺は汚されてない。俺の心も身体もリョウだけに知っておいてほしいんだ。――頼む、リョウ」

摑んだ手に力を込めると、リョウが視線を合わせてくる。

傲然《ごうぜん》としているが、どこか苦しげなリョウの表情に胸がかきむしられる。

「俺を……好きになってくれというのは我《わ》が儘《まま》だってわかってる。頭がおかしいんだろって笑ってもいい。でも、おまえだけが好きなんだ。俺は篠原さんの中にいる、リョウ、おまえが好きなんだ」

必死な告白にリョウは口を閉ざしていたが、しばらくしてからため息をついた。

「……無理だ」

「どうして！」

「勘違いするな。貴志の気持ちが受け取れないとかそんなんじゃねえってことは先に念押ししておく。おまえが言うとおり、箱根まで追いかけていったときは、もう脅すためだけじゃなかった。俺も、おまえに会いたかった」

「リョウ……」

初めて聞いたリョウの想いに胸が詰まる。

始まりが普通じゃないだけに、自分の歪んだ想いの行き先を見失いそうだったのだ。

だが、リョウには届いていた。

「だったら、これからも一緒に……」

「だから、無理なんだ。落ち着いて聞け。まず、今回の一件は篠原家の威信《いしん》にかけても、表沙汰にはならない。浅川はヤクザの下っ端とつるんでいたことで揉めて殺された、というシナリオになるだろう。そこに海棲会が嚙んでくるのは、もう致し方ない。あっちも、組内で揉め事を起こしていた奴をちょうど破門にしたかったらしい。そいつが浅川を殺した罪を被る。ついでに、医者殺しの件もな。そのへんの細かい段取りは、おまえには本気で聞かせたくないから、聞くな。亮司もこれには直接関与できない。たぶん、ウチの祖父が極秘で使いを出す。篠原家と亮司の立場を守るために、祖父と警察上層部が手を組んで、ネタごと潰《つぶ》す」

「そんな……篠原さんはそれでいいのか？　平気なのか？」

「平気じゃないから、……無理だと言ってるんだ。亮司自身、自分の記憶に曖昧な部分が多く出ていることをおかしく思っている。精神的に不安定なまま、今の仕事を続けられるわけがない。内々に、ごく親しい精神科医を訪れることになっているんだ。そこで『俺』の存在が明らかになるかどうかは……まあ、深層心理を暴けるかどうか、精神科医の腕の見せどころだな」

苦く笑い、リョウがため息をつく。

「ただ、どういうルートを辿《たど》るにせよ、俺と亮司は統合される。おまえが知っている俺はいなくなる」

「そんなのはダメだ！　篠原さんだって、リョウがいたからこそ今までやってこれたんじゃないか」

「とはいえ、あいつも成長していることはさっきも言っただろう。耐え抜く力を少しずつ身に着けているんだ。竜司は今度こそ、特殊な管理が敷かれた病院に入ることになる。退院できる見込みはまずないし、面会もない。死刑になってもおかしくない罪を、病院内で贖《あがな》ってもらう。そのことは亮司も知る。極秘事項とはいえ、当面の間、この一件を知る者たちから亮司は距離を置かれるだろう。それは本人も承知するはずだ。竜司を捕まえて閉じ込める、代償としてな。だから……たぶん寂しい思いをする。そのときに貴志、おまえが亮司の味方になってやってくれ。話を聞く相手になってくれ。事情をすべて知っているのは、おまえだけなんだ」

「俺が好きなのはおまえだ。リョウ。篠原さんはいい人だと思うし、今後もつき合っていきたい。でも、それは普通の人としてのつき合いだ。リョウは違うだろ！」

「どう違うんだ。最初から俺なんていなかったと思えばいい」

「無理だそんなの！　本当のおまえまで近付いたのは、俺だけなんだろう？　どうしてここで突き放すんだよ。俺を置いていくな！」

感情がコントロールできず、貴志は泣きながらリョウを抱き締めた。

「このままいてくれ、……消えるなよ、俺を少しでも愛してるなら消えるな！」

「俺が生まれて、好きになった相手は、おまえだけだ」

聞いたこともないような優しい声で囁くリョウに抱き締められ、貴志はゆっくりと彼の重みを感じながらベッドに押し倒された。

これから抱き合う男が消えてしまうという、どうしようもない現実に涙が止まらない。

死ぬほど好きだと言ってもダメだろうか。

愛していると言ってしがみつけば消えないだろうか。

しゃくり上げる貴志の鼻先に、リョウがキスを落とした。

「でも、これが最後だ」

「リョウ！」

叫び声はくちびるをきつく吸われたことでかき消えた。

「ん……んっ、ん……っ」

最初から全力で貪《むさぼ》ってくるリョウについていくのは生半可なことではない。

勢いに負けたくなくて、貴志も懸命に応えた。

顎を摑まれてとろりとした唾液《だえき》を流し込まれ、うずうずする感覚に腰をよじると、長い舌が口腔《こうこう》をまさぐり、上顎の敏感な粘膜《ねんまく》を丁寧にこすってくる。

いつもリョウのキスは濃密だ。

肉厚のたっぷりとした汁気を持つ舌が自在に口の中を泳ぎ回ると、それだけで呼吸困難に陥《おちい》りそうなほど感じてしまう。

もう何度もくちびるを重ねているが、今夜ほど気遣ってくれたことはない。口の中も性感帯になることを教えてくれたのはリョウだ。

とくに、それまで意識していなかった上顎の内側をちろちろと舌で擦《こす》られ、それでも足りないとなると指を挿し込んできて執拗《しつよう》に擦ってくる。

くすぐったさが、しだいにじぃんと後を引く淫靡《いんび》な疼《うず》きに変わり、口がうまく閉じられなくなる。

「……は……」

唾液が口の端から垂《た》れ落ち、みっともないとわかっていても、リョウの指がもっと欲しくて、無意識にねだるように舌を絡み付けてしゃぶってしまう。

そうしたのは初めてだったから、リョウはちょっと可笑しそうな顔で、指に無心に吸い付く貴志を眺《なが》めていた。

「俺のものだと思って舐めてみろよ」

「う、ん……」

そう言われると羞恥心《しゅうちしん》が募《つの》り、舌使いがぎこちなくなるが、前よりもっと熱心にしゃぶりたくなり、貴志は先端に吸い付いた。

リョウの硬い爪《つめ》、しっかりした指の節、奥まで挿れられると苦しいほどの長さは、彼自身のものに少し似ているかもしれない。

リョウの手首を握って口内に挿れられた指を唾液でとろとろになるほど舐めまくり、それでも物足りなさは深まる一方だ。

「……リョウのもの、舐めたい」

「本気か?」

「今までに俺から進んでしたことはないだろ。……だから……俺も、リョウに触れてみたい」

率直に言うのは恥ずかしいが、黙ってされるがままにはなりたくなかった。

――消えてしまうかもしれないから。

愛した男は、たとえて言うなら心を二つ持っている。

表の心＝篠原亮司は、自分を信用のおける唯一の仲間だと思ってくれているだろう。そして、こんな関係にはけっしてならない。普通の男同士として顔を合わせ、話をするだけだ。

けれど、裏の心＝リョウとは素肌やくちびるを触れ合わせて熱っぽい吐息を分かち合い、身体の奥でも硬くて熱いものを感じる。

それも今日が最後かもしれないと思ったら、できるかぎりリョウの身体に触れ、意識に刻んでおきたかった。

篠原がしないことを、リョウは大胆不敵《だいたんふてき》にやり遂げる。

リスクがあるとわかっていても積極的に求める罪深さと悦《よろこ》びをリョウは教えてくれた。

だから、貴志も彼に添い遂げたかった。

今一瞬にできることをすべてやり尽くしても、悔いは残るだろう。

いつか消えてしまうリョウを想うと胸が苦しくてたまらない。

けれど、及《およ》び腰でなにもせずに人形のように扱《あつか》われるのではなく、自分からも愛したという感覚を意識に深く刻みつけておきたい。

その意思がリョウにも伝わったのだろう。笑いながら貴志の腰を抱き寄せてきた。

「じゃあ、俺の上に乗れ」

「おまえの上に？」

「そうだ。まず服を脱がしてくれ。あとはおまえの好きなようにしていい。今の俺はおまえに預ける。欲しいなら噛みついてもいい」

「リョウ……」

リョウの身体にまたがった格好は初めてだ。

乱れた髪が枕《まくら》に広がるのを見ているだけで心臓がごとりと音を立てる。好きにしていいという言葉は呪文《じゅもん》のようだ。

催眠術《さいみんじゅつ》にでもかけられたような気分で、馬乗りになった貴志はリョウのさらさらした髪を摑んでぎこちなく顔中にくちづけ、彼のネクタイの結び目に指を差し込んだ。

同性のネクタイを解《ほど》くだけで、こんなにも身体が熱くなるなんて知らなかった。

汗ばむ指でワイシャツのボタンを辿り、一つずつはずしていくあいだもリョウの首筋や鎖骨にくちづけた。

一瞬でも身体が離れるのが嫌だった。

引き締まった胸や腹も、指と舌で確かめながら、スラックスを脱がせた。

触れれば触れるほど、せっぱ詰まった思いがこみ上げてくる。

――俺はリョウをなに一つ知らなかったんだ。

腕に残る傷跡以外にも、脇腹や、腿《もも》の付け根にも火傷《やけど》の痕《あと》のようなものがいくつもある。

いつも組み敷かれていた側だったから、これらの傷には気がつかなかった。

「……これも、竜司に？」

「まあな。煙草の火を押しつけられた」

リョウは苦笑いしているが、くつろいでいるようだ。

引きつれた痕に貴志が繰り返しキスすると、くすぐったそうに笑いながら髪を優しく梳いてくれる。

「もっとしてくれよ」

「……する」

今にも弾《はじ》け出そうな欲望の形をくっきりと盛り上がらせた下着の脇のそばにある傷痕にも、思いきってくちびるを押し当てた。

かなり古い火傷の痕だ。

痛みそのものは消えても、痕はこうしていつまでも残る。

篠原が他人にほとんど心を許さない理由が少しだけわかる気がする。

彼は、醜《みにく》い痕がいくつも残った身体を他人に見せたくなかったのだ。

酷い傷痕を見れば、誰だって訳を聞きたくなる。

詮索《せんさく》されるのを拒《こば》むためにも篠原は他人を遠ざけ、仕事するにしても最低限のつき合いに留めてきたのだ。

篠原がひた隠しにしていた秘密の身体を、リョウはゆだねてくれている。

そのことに覚悟を決め、リョウの下着の縁《ふち》に指をかけてずり下げた。

びくっと跳ね出る大きな亀頭が淫《みだ》らに充血しているのを間近に見ると、鼓動《こどう》が駆け出す。

斜《なな》めに反《そ》り返《かえ》るリョウのものは筋が太く浮き出て、繁《しげ》みも濃い。前は、これを見るだけで吐き気を催《もよお》していたのに、今では口の中に唾液が溜まるほどの欲望がこみ上げてくる。

「怖《お》じ気《け》づいたか？」

「そんなこと、ない」

からかい声に惑わされまいと根元を摑み、張り出した先端に舌を押し当てた。濃い雄の匂いが劣情《れつじょう》を誘う。

くぷ、くちゅ、ちゅくり、と淫らな音が響くほど舐めるごとに欲しがる思いが増し、いつしか貴志はリョウのものを両手で摑み、口淫にひたむきに没頭《ぼっとう》していた。

「……っん……、は、リョウ……俺、へただろ、どうしたら、気持ちいい……？」

咥えながら上目遣いで訊《たず》ねると、リョウの目元が赤く染まり、鋭い色気が浮かぶ。

——俺のすることをずっと見ていたんだ。

そう思ったら全身が火照《ほて》るほどの恥ずかしさが湧《わ》き起こるが、リョウがゆっくり頭を押さえてくる。

「そのままで、いい。へたなんかじゃねえよ。真面目でお堅いおまえが、俺を欲しがって自分からフェラチオを望むなんてな。それだけでイキそうだぜ」

「じゃあ、このまま俺の口の中で……」

「ダメだ。俺にも同じことをさせろ」

「え……」

「尻をこっちに向けろ。お互いにしゃぶりっこしようぜ、貴志」

「っ、な……！」

「シックスナインは初めてか？　気持ちいいぜ。ほら、いい子だから裸になって、尻をこっちに向けろ。俺を煽る感じで脱いでみろよ」

「あ、煽るなんて、やり方知らない……」

身体をふらつかせながら貴志は服を脱ぎ、下着を下ろすか下ろすまいか、相当悩んだ。リョウが欲しい気持ちに嘘はないが、艶《つや》っぽく誘う術《すべ》を知らないのだ。

リョウが指を伸ばしてきて、蜜《みつ》が詰まる陰嚢《いんのう》のあたりを下着の上から軽くつついてきた。

「リョウ！」

「下着、染みができてんじゃねえか。ゆっくりでいい。脱げよ」

「……わかった」

息を吸い込み、リョウの言うとおり、顔をそむけながら下着を下ろした。

そのもどかしさが、リョウの情欲を煽っているともわからずに。

はち切れんばかりのペニスに下着の縁が引っかかり、ぶるっと鋭角に跳ね上がる。

「俺のを舐めている最中にもう勃《た》たせてたのか？　先っぽ、ぬるぬるじゃねえか」

「言うな……」

「見たまんまを言ってるだけだろ。来い、貴志。腰を俺の顔の上に突き出せ」

「う……」

勃起《ぼっき》した性器からは先走りが滴《したた》り落ちている。

隠せない窄まりも、弄《いじ》られる前からひくついてしまっているから、リョウの視線に晒《さら》すのは本当に恥ずかしかった。

それでもなんとか言うとおりにし、彼の顔の上にまたがり、自分は自分でリョウの肉竿にむしゃぶりついた。

「んんっ……！」

深く咥え込むのと同時に、下肢《かし》がねっとりと熱い波に飲み込まれる。

リョウのフェラチオは絶妙で、貴志自身が知らなかった快感のポイントを丁寧に探り出していく。

竿に熱い舌を巻き付け、先端を意地悪く吸われただけで凄まじい快感に背筋がたわむ。

「あ、……あぁ、っ、……いい、リョウ……」

「おまえも続けろ」

「ん……うん……」

リョウのように巧《たく》みな舌使いができないぶん、情熱でカバーしようとがむしゃらに舐め回してみた。

互いのものを口の中で感じる行為だけでも十分満足してしまいそうだ。

陰嚢を舌で転がされたときに貴志が小刻《こきざ》みに身体を震わせたことに気づいたのだろう。じゅるっと力強く吸い込み、「イケよ」と囁いてくる。

「出しちまえよ、貴志」

「ずる、い、……いつも、俺だけ……！」

「ずるくなんかねえよ。俺はおまえの中でイキたいんだ」

「う……く……っ……ぅ！」

最高の殺し文句に貴志は全身を震わせ、身体の奥で必死にせき止めていた熱を解き放った。

「あっ、あっ、……あぁ……っ」

びくびくと跳ねて射精が続く竿をリョウは丁寧にしゃぶり、そのままぬるっと舌を陰部に割り込ませてきた。

「……あ……！」

「痛くねえか、ここ。……あいつに無茶されただろ」

あいつ、というのは竜司のことだろう。確かに暴行は受けたが、竜司に犯されたわけではないし、痛み止めも効いている。

「痛くない、大丈夫だ。でも、そこ、ワインボトルを挿れられたから、……リョウのもので消毒してほしい。リョウのことしか覚えていたくない」

「……言ってくれるじゃねえかよ」

尻を押し開くリョウが、窄まりの奥へと舌をもぐり込ませてくる。

指でほぐされたあと、凶器のような雄で抉《えぐ》られるのがつねなのに、くねる舌で愛撫《あいぶ》される恥ずかしさと、全身が蕩《とろ》けるような快感は表裏一体だ。

「あ、っ……、リョウ……！」

「素直でいい身体だ。たくさん舐めてやる」

　くくっと笑うリョウが唾液を流し込んできて、慎重に指を挿れてくる。

　リョウの愛撫を待っていたかのように肉襞はねっとりと蠢《うごめ》き、底知れない疼きを身体全体に広げさせていく。

　襞《ひだ》を上向きに擦られると電流のような強い快感が走り抜け、「――は」と貴志は身体をのけぞらせた。

　リョウのものを口淫しようとしても、意識がぶれてしまう。

「リョウ……、や、だ、……っ、もぉ、それ……！」

「痛いのか？」

「違う、……気持ちいいから、いやだ……」

「じゃあ、どうする」

　この期に及んでそんなことを聞くなんて本当に意地が悪い。

「……して、ほしい」

　掠れた声で呟き、貴志はふらつきながら身体の位置を変えてリョウにまたがったまま向き合い、剛直を摑んで、みずから、ひくつく窄まりに押し当てた。

「リョウの、これが欲しい。おまえが俺をこんなふうにしたんだ。……愛してる。リョウが欲しい。リョウだけが欲しい」

「くそ……、加減できなくなること言うな」

奥歯を噛み締めたリョウが、下からぐうっとねじり込んでくる。

圧倒的な硬さに貴志は声を失った。

何度か抱かれていても、騎乗位《きじょうい》でリョウのものを受け入れるのはかなりきつい。だがリョウが与えてくれる痛みなら、いい、構わない。

むしろ、身体の中に空洞ができてしまうほど激しく抱かれて、リョウなしでは生きていけない身体にしてほしかった。

時間をかけて、張り出した先端から太い竿、根元まで埋《う》められていく。

「……は……」

ずん、と下腹を突き上げる感触がリアルすぎて、身じろぎもできない。

不用意に動いたら、また達してしまいそうだ。

貴志の反応を見ているのか、リョウは繋がった状態で止めている。貴志はリョウの胸に手をあて、上半身をのけぞらせて喘いだ。

自分から動けないが、濃くて甘い蜜が伝い落ちるような快感が欲しい。

「……リョウ、焦らすなよ、……中の、動かして、ほしい」

「どんなふうに」

笑いながら軽く揺さぶられたことで、極太の竿がずりゅっと肉襞を引き裂き、あまりの愉悦《ゆえつ》

に腰が揺れてしまう。

「それ、してほしい、もっと……、して……」

「バカ、締めすぎだ」

ぎゅうっと奥のほうで締め付けてしまい、リョウの性器の形がありありとわかることに理性が吹き飛ぶ。

だんだんと深く貫《つらぬ》かれ、貴志は我を忘れて嬌声《きょうせい》を上げた。

突かれながら乳首を弄られ、胸にも火が点いたような感覚に陥っていく。

左も右もピンと突き出した乳首は真っ赤に膨れて、柔らかい実のように指で揉み潰されるのがたまらなく気持ちいい。

「は、っ、あっ、リョウ……っ」

気がつけば、自分から腰を振り立てていた。

いきり勃《た》ったリョウのもので下から突きまくられることに喘ぎ、尻をきつく摑まれた衝撃で思わず射精してしまったが、暴走した快感は止まらない。

「もっと、もっと、欲しい、リョウ、俺の中に……、出せよ」

朦朧《もうろう》と呟くや否や、ぐっと身体を起こしたリョウが正面から覆い被さってきて、貴志の両膝を胸に突くほど折り曲げた状態で激しく突き込んでくる。

窮屈な姿勢を強いられたが、そのぶん熱が凝縮《ぎょうしゅく》し、身体の中心点に一気に集まってくる。

心まで奪うようなくちづけに夢中になった。

舌をきつく吸われる。熱の逃げ場はどこにもない。

昇《のぼ》り詰めて快感を解放してしまったらきっと寂しくなるから、いつまでもこのままリョウとどろどろに融《と》け合うほうがいい。

「リョウ、……リョウ、愛してる、本当に好きなんだ、ずっとこうしていたい……」

「そうだな。でも、次に会うとき、俺は『篠原亮司』だ」

「嫌だ！　誰もおまえを覚えてないなんて卑怯《ひきょう》だ。リョウだってつらかったはずだろ。いなくなるな。おまえがいなくなったら俺はどうすればいいんだ？　おまえが消えてしまうなら、俺だって死んだほうが――」

貴志の泣き言を、リョウが素早くキスで遮《さえぎ》ってきた。

「貴志、おまえはそこまで弱い人間じゃないだろう。簡単に死ぬとか言うな。好奇心旺盛で、誰よりも強い意志があったからこそ、俺はおまえを愛したんだ。俺がいなくなっても亮司がいる。だから、ちゃんとおまえも生きていけ」

限界を伝えるように身体の奥でリョウのものがぐうっと嵩《かさ》を増す。

汗ばむ指と指を絡め合わせ、リョウが突き挿れながら囁いてくる。

あまりの硬さにくり抜かれてしまいそうだ。

貴志はとうに絶頂を迎え、頭が痺れるような快感がずっと続いていた。

「言えるうちに言っておくか。――愛してたぜ、貴志」

「なんで過去形で言うんだよ……！」

「黙って聞いておけ。おまえだけが……亮司と『俺』に興味を持って、理解してくれた唯一《ゆいいっ》の人間だ。俺が他人を引き留めてまで、助けようと思ったのはおまえが初めてだった。そんな善行をよしとする人格じゃない、俺は。だから、これ以上はもう無理だ。おまえを愛したことで、俺自身、不安定になっている――でも、おまえは俺を追ってきて、好きにもなってくれた。俺も本当におまえを愛してたぜ」

「リョウ……！　あ、っ、あ、っ、あぁっ……！」

「……っ……」

リョウが呻き、熱くどろっとした精液を撃《う》ち込んでくる。

蕩けた肉洞にきつく埋まる男のものからリョウの情がなだれ込んでくる。

身体の隅々まで満たされていく感覚に、貴志は声を掠れさせながらリョウの背中に爪を立てていた。

――最後の最後にリョウは想いを打ち明けてくれた。でも、消えてしまうのに。次に会うときは、もうリョウじゃない。リョウと篠原さんは統合され、ひとりの身体に一つの人格という当たり前の姿に戻る。それが正しい答えだとわかっていても、リョウを失いたくないんだ。

「リョウ……愛してる。おまえがもし消えてしまっても、俺はずっと忘れない」

「貴志……」

達した余韻《よいん》が抜けないのか、繋がったままでリョウが頬を擦り寄せてくる。

「おまえが完全に篠原さんになってしまっても……俺だけは、おまえのことを覚えてる。もう誰のことも好きにならない」

「つまらないこと言うなよ。おまえにはまだこれからがあるだろ」

「いいんだ。……リョウに会って、やっとわかったんだ。俺はそう簡単に心を切り替えることができない。生涯《しょうがい》、たったひとりを愛し続けていくのもありだろう？　俺はたぶんそういう性格なんだ。おまえが消えても……絶対に忘れない。おまえとの想い出を大事にして生きていく」

鼻の奥がつんと痛いけれど、精一杯《せいいっぱい》努力して、微笑《ほほえ》みかけた。

なのに、リョウは切なそうで愛おしそうな目をする。そして、笑いかけてきた。

「強がるな、貴志。さっきから涙がぼろぼろこぼれてる」

「……ッ……」

こめかみを伝う温かい滴を指で拭われ、カッと頬が火照る。

「愛してるってもう一回言ってくれ。そうしたら心おきなく消えられる」

「何度でも言ってやる。愛してる。リョウを愛してる。俺はリョウだけを本気で追いかけて、好きになって、愛したんだ。消えるな、消えないでくれ、俺を忘れないでくれ、俺はずっとリョウを覚えてる、忘れないで生きていくから――愛してるから、消えるな」

最後はもう、涙で声にならなかったけれど、痛いぐらいに抱き締めてくれているリョウには届いたはずだ。

「さよならだ。貴志、ありがとな」

涙でぼやけていた視界に、笑うリョウが映った。

なんの陰もない微笑みは、篠原亮司のものかと見紛《みまご》うような自然なものだ。

彼の人格が分離する前、双子の兄である竜司が脅威の対象になるずっと前には、篠原もこんな笑顔を周囲に見せていたのだろう。

優しく、屈託ない笑い方に胸が熱くなり、リョウの首に両手を回して強く抱きついた。

消えてしまわないように。

叶わないとわかっていても、守りたい願いだった。

月日が流れる中で、貴志の周辺ではいくつかの大きな出来事が動いた。

まず、篠原警視が病気療養のため、日本を発つことになった。

なんでも、アメリカに懇意《こんい》にしている医師がいるとのことで、休暇も兼ねて二か月ほど現場を離れるという話に、マスコミ仲間は『なんの病気だ』とにわかに色めき立った。

だが、篠原本人が内々にマスコミに挨拶《あいさつ》し、「単なる疲労です。ご迷惑をおかけして申し訳ありませんが、二か月後には復帰します」と律儀《りちぎ》に頭を下げたことで、マスコミもそれ以上騒ぎ立てることはしなかった。

明朝新聞本社では、社会部デスクの浅川が暴力団の海棲会と密接な繋がりを持った挙げ句に揉め事を起こし、殺されたというニュースに激震が走った。

浅川の家族が黙っていないと誰もが案じたが、じつは浅川は天涯孤独《てんがいこどく》の身で、物心がつく前から施設で育ってきたのだと本社の上層部がごく内輪の人間だけに知らせた。

貴志もその話を聞き、仰天《ぎょうてん》した。

浅川が生まれて間もなく、母親は若い男と逃げた。

残った父親は酒に溺れ、浅川に日ごと暴力をふるい、みかねた民生委員が親子を引き離し、それぞれ施設に預けたのだ。

父親は半年後に肝硬変《かんこうへん》で死んだという。

浅川は施設で育ち、中学卒業と同時にいくつものアルバイトを掛け持ちしながら高校、大学を優秀な成績で卒業し、高名な教授の後押しもあって明朝新聞という大企業に入社したのだ。

浅川は孤独だったのだと知り、遅まきながらも胸を痛めた。

おそらく、気づいた頃には誰も頼りにできないと悟ったのだろう。

賢《かしこ》く、闘争本能《とうそうほんのう》が強かった彼のことだから自力で生きてきたものの、親から受けた暴行の記憶は浅川の心の深い場所にずっとあったのだろう。

『嫌な思い出は、自分で消していくことが大事なんだ』

浅川と最後に交わした言葉が鮮やかに蘇る。

彼はリアルに人が戦い、傷つき、死んでいく戦争の現場に特攻することで、自分の中に刻まれたつらい記憶を消そうとしていたのだろうか。

今となってはもうすべてがわからないが、浅川に身よりがひとりもいないということで、事件は報道しないという厳命が下った。

浅川を殺したうえ、篠原警視の実家に盗み目的で忍び込んだ際に、不幸にも出くわした医者と助手を殺したという罪を内々的に背負わされた海棲会の下っ端《したっぱ》は、警察に身柄は確保されたものの、酷い薬物中毒に陥っており、ろくに話が聞ける状態ではないらしい。

リョウの言ったとおりの筋書きが進行していることに眩暈《めまい》を覚えた。

だが、こうでもしなければ、篠原家も、篠原本人も立ちゆかなくなってしまうのだろう。

卑怯《ひきょう》すぎる後始末を目の当たりにし、貴志は無力感に襲《おそ》われた。

「新聞社の人間がヤクザと昵懇《じっこん》の仲で殺されたなんて知られたら大事だ。きみたち現場記者に、保身だとなじられるのは承知のうえで、この件に関して我が社は全力で伏せる。けっして他言しないように。浅川はいい記者だったが、心の一部が弱かった。それが見抜けなかった俺にも責任はある。冥福《めいふく》を祈るなら、各自の胸の中だけにしておいてほしい」

社会部の局長である本谷《もとや》が重々しい表情で言い渡し、貴志はなにか反論したかったが、言葉が見当たらなかった。

浅川の死が伏せられていく事実は腹立たしいが、彼が特殊な狂気を胸にひそめていたことは自分が一番よく知っている。

突然いなくなったデスクの代わりに、「貴志、社会部に戻ってこい」と本谷に言われたことも驚いた。

即答できなかった。

新聞社も、歪んだ体質を持ち続けているのだと知ってしまった今、報道そのものに情熱を持てるだろうかと散々悩み抜いた末に、貴志は賭《か》けに出ることにした。

「篠原警視の実家で起きた医者殺しの事件が解決したという記事を書かせてもらえませんか。ベタ記事で構いません。ただ、犯人が捕まったことはニュースにしたい」

唐突《とうとつ》な申し出を本谷は当然蹴ったが、「叶わないなら、社を辞めます」と強気な姿勢を崩《くず》さない貴志に最終的に折れた。

貴志の能力の高さを本谷は熟知していたのだ。

「二十から三十字以内でまとめろ」

たったそれだけの文字量なのに、何度も書き直しを命じられた。

だが、貴志も引かなかった。

――白金台で二人の男性が殺された事件の容疑者《ようぎしゃ》を、警察が今朝未明、身柄確保した。

ベタ記事どころか単なる告知に過ぎない一文でも、新聞紙に載せたかった。

「なぜこれを書きたかったんだ」

「知らせたい人がいるからです」

「直接おまえが言いに行けばいいんじゃないのか?」

「被害者《ひがいしゃ》のご家族は、世間が事件を忘れ去ってしまうことがなにより怖いのだと、俺は痛感しました。容疑者が捕まり、裁きを受けるだろうと新聞紙が伝えてくれて、世間も認知したとわかれば、少しは胸のつかえが取れるはずです」

「……仕方ない。今回は特例だ。この記事を明日の朝刊に載せる条件として、おまえは週明けから社会部に戻れ」

「わかりました」

本谷と堂々渡り合った己を褒《ほ》めるのではなく、――この一報が長山の目に入るといい、とだけ願っていた。

どうかあの老人が記事を読み、癒《い》えない痛みを和《やわ》らげてくれるといいのだが。

新聞記者の肩書きを持っているのに、世の中は不都合だらけで、伝えたくてもねじ曲げられてしまうことがどれだけ多いか。

こんな苦渋《くじゅう》は今後も散々味わわされるだろう。

しかし、驚愕《きょうがく》の事件を知ったとき、自分の中にある正義感と他人の正義感をぶつけ、やはり世に知らしめたいという想いが最後に残ったことで、記者を続けていく覚悟が決まった。

海棲会ともあれ以来、まったく縁《えん》がなくなった。

篠原が渡米しているあいだ、竜司が極秘にとある病院に入ったいきさつを、不動やハオたちが知らないはずがない。

何度か貴志の携帯電話に着信があったが、全部無視していたら、そのうちかかってこなくなった。

今の貴志には不動たちと話をしたいという思いはさらさらなかった。

時はさらに流れ、いつしか街はクリスマスムード一色に染まる頃になっていた。

社会部のデスクとして日々の事件を追う立場に戻った貴志は精力的に働いた。

本谷とはもちろん、周囲ともよく話し合うようになった。

以前だったら単独行動を好んでいたが、あれも今思えば、つまらないエリート意識が先走っていただけだ。

自分ひとりで記事を作っているのではないと思い直した貴志は、複数で動く機会も多くした。高飛車《たかびしゃ》な態度を捨てて、熱心に仕事に打ち込む貴志を、周囲も、少しずつ受け入れてくれた。信頼できる仲間と職場を作り出し、一日一日をしっかり終えていったが、けっして消えない寂しさも胸にあった。

リョウ、と呼んでも応《こた》えはもうない。

リョウに繋がるプリペイド携帯も契約期間が終了したらしく繋がらなかった。

彼の隠れ家であるマンションにも行ったが、すでに空き家になっていて、建物そのものが取り壊されるのだと近所の不動産屋が教えてくれた。

——リョウはもうどこにもいない。俺の記憶の中にしかいない。

最後に抱き合った日にもらったジャケットだけが、彼を思い出す品だった。

そのジャケットを貴志は寝室の隅に吊るし、よく眺めていた。

いつまでもこんなことをしていてはいけないと思ったが、忘れるには早すぎる。

年が明け、春が来て、また夏が来る頃になったらクローゼットにしまおうかと考えているところへ、思わぬ報《しら》せが入った。

『篠原警視が現場復帰したそうだ。昨日から本庁に顔を出していると聞いた』

徹夜続きで深く眠っていたところを本谷の電話で起こされ、一瞬で意識が冴《さ》えた。

会いたい。

篠原が自分のことを覚えているかどうか確認したいという欲求に勝てず、貴志は面倒だが正規の手続きに則り、本庁に出ている篠原に面会を申し出た。

もっとこじれるか、すげなく断られるかと案じたが、意外にも面会はすんなり了承された。

数日後、貴志は緊張の面持ちでネクタイの結び目を何度も確かめ、警視庁内部の篠原だけに与えられた個室の扉を叩いた。

「どうぞ」

低く通る声に頭を下げながら扉を開けると、大きなデスクの向こうに、懐かしい顔があった。

几帳面《きちょうめん》で真面目な性格を窺わせる端整な面差《おもざ》しに、眼鏡がよく似合っている。

紺色のスーツはやはり篠原によく似合う。

「お久しぶりですね、貴志さん」

「覚えていてくれましたか」

「もちろんです」

かすかに笑う篠原がみずからコーヒーを入れ、「ソファにどうぞ」とうながしてくれたので、従った。

「復帰後早々で、仕事が溜まっています。あまり時間は取れませんが、私もあなたと話をしたいと思っていました。……兄の竜司はすでに病院に入り、治療を受けています。専門医師による適切な薬物治療が効いているらしく、眠っている時間が多いです」

「そうですか……。篠原さん自身は竜司さんを見舞ったんですか」

「ええ、帰国してすぐ昨日に。貴志さんのような方から見たら、篠原家は異常に思えるでしょうね。兄を今まで幽閉し続けたことも、これからも死なせられないことも」

「でも、それは——仕方ないことです。安楽死はこの国では認められていませんし」

「ご理解いただけますか」

「少しは」

「あなたにも大変な迷惑をかけてしまいました。本当に申し訳ない。その……竜司から乱暴を受けたでしょう。身体は大丈夫でしたか」

「篠原さんが謝ることじゃありません。俺が勝手に首を突っ込んだのがそもそも悪かったんですし、怪我も軽いものでした。今はもう、大丈夫です」

「……よかった」

篠原はコーヒーの湯煙で曇《くも》る眼鏡をはずし、ほっとしたようにため息をつく。

そのうつむき加減がどうにもリョウを思い起こさせてしまい、胸がざわめく。

——リョウ、リョウ。

呼んではいけない名前を何度も心の中だけで呼んだ。

「篠原さん、体調はどうですか？」

「ずいぶんよくなりました。情けない話ですが、竜司や家柄のことでストレスを溜めていたんでしょうね。アメリカに二か月滞在している間、初めてセラピストのカウンセリングを受けました。投薬治療は三週間前後で終わって、残りは本当になにもしませんでした。好きなときに寝たり起きたりして……、映画もずいぶん見たかな。散歩にもよく出かけました。十分に休んだおかげで、仕事に戻る気力も出ました」

「……よかったですね」

そう言って笑う篠原の声には以前のとげとげしさがない。適切な治療を受けたおかげで、ずいぶん穏和《おんわ》になったようだ。

「セラピストとはずいぶんいろんなことを話し合いました。幼少期に竜司とのあいだに起きた出来事や、両親がかまってくれなかったこと、竜司が十四歳のときに犯した罪のことも——すべて話して、私なりに現実を受け入れていくことにしました。まだ時間はかかりそうですが、以前のような不安感はもうありません。……なんだかおかしな言い方かもしれないが、長い夢から目が覚めたような気分ですよ」

今の一言で、リョウは完全に消え去ったのだと知った。

篠原の見る夢の中に、リョウはいたのだから。

防音性の高いオフィスで、篠原はプライベートなことを打ち明けてくれる。

自分を信用してくれている証《あかし》かもしれないし、実際、正しい治療を受けたことで、心の均衡を取り戻したのだろう。

それが貴志にとっても嬉しいが、やはり寂しさは隠せなかった。

――リョウはもういない。この人の中に、リョウはもういないんだ。

篠原が腕時計を確かめる。

「そろそろ、いいでしょうか」

篠原が立ち上がったことで、慌てて貴志も席を立った。

「今日はこのあと会議があるので、ゆっくりお話できずに申し訳ありません。また時間を合わせて、食事でもしましょう」

そう言って篠原が手を差し出してきた。

「貴志さん、あなたのような人に出会えてよかったと思っています。うちの事件についての新聞記事も読みました」

「読まれたんですか？」

驚いて聞き返すと、「はい」と篠原が頷《うなず》く。

「報道していただいて、ほっとしました。後日、私から直接、長山さんには謝罪に参ります。

……しがらみを断ち切ってくれて、本当にありがとう」

「俺にできることをしたまでです。俺は、――篠原さんを尊敬しているので」

「どうもありがとう。少し照れますが、嬉しいです」

固く握手《あくしゅ》する篠原が晴れやかな笑顔を見せる。

過去と決別し、長年の鬱屈《うっくつ》から解放されたことで、彼の本質も少し変化したのだろう。

篠原の笑顔を見るたびに、胸がきりきりと痛む。

これが正しかったんだと思う反面、かつて愛した男の面影《おもかげ》がどこにも残っていないことにどうしようもないやるせなさを感じた。

篠原を診た精神科医は確かに腕がよかったのだろう。

深層心理に潜《もぐ》り込み、リョウという人格を見つけ出したとしても、とことん話し合い、篠原本体にうまく融合《ゆうごう》させたのだ。

今の彼に、ブレというものは微塵《みじん》も感じられない。

一つの身体を一つの人格が支配することに成功した篠原は、理知的で品があり、前向きに仕事をこなしていくだろうという未来が軽く思い描ける。

そこに、リョウが持っていた圧倒的な危うさは欠片もない。

「貴志さん、一緒に部屋を出ましょうか。待っていてください。ジャケットを取ってくるので」

「はい」

断ることはできなかったので、貴志は篠原の引き締まった背中をじっと見つめていた。

何度もあの背中に爪を立て、――消えるな、消えないでそばにいてくれと泣いて頼んだ夜が鮮やかに蘇る。

勝手に口が開いた。

「篠原さん、腕の傷は?」

「まだ残ってます。それ、前にもあなたのマンションで聞かれましたね。あのときは黙っていて失礼しました。兄に暴行されたのだとは恥ずかしくて言えなかったので」

「いえ、すみません。俺が出過ぎたことを聞きました」

「傷痕は最新のレーザー治療で消せますが、記憶を改ざんできるわけではありませんから」

ジャケットを羽織りながら肩越しに振り返る篠原に、貴志は焦りが募り、「あの」と畳《たた》みかけた。

「嫌なことを思い出させてすみません。不眠症はもう治りましたか。記憶に曖昧なところはありませんか?」

「お気遣いありがとう。よく眠れるようになりました。昔のこともちゃんと今は思い出せますよ。竜司のことは私が最後まで責任を持ちます」

扉に向かう篠原に割り込む隙はない。

諦《あきら》めたほうがいい、おとなしく帰ったほうがいい。

リョウは消えた。

あの声音《こわね》にも表情にも仕草にも、二度と会うことはできない。

この胸の中に残る想い出を愛していくしかない。

そうとわかっているのにあがいてしまう。

「え？　そんなところまでご存じでしたか……。すみません。ご心配かけて。大丈夫ですよ」

「脇腹や腿の傷は大丈夫ですか？」

貴志は最後の一撃を放った。

あっさりとかわされたことに、貴志は放心した。

聞く言葉はなに一つ残っていなかった。

分厚い扉を、外に——正しい現実の世界に向けて開けようとしている篠原の背中が、涙でぼやけてしまう。

「リョウ……！」

思わず小さな声で叫ぶと、ドアノブを握った篠原の手がぴくりと止まる。

無視されても当然だ。訝《いぶか》しむような視線が返ってきても構わない。

最後にもう一度、名前を呼びたかっただけだ。

ふと、篠原が振り向いた。

わずかにくちびるの端が上がったことに、貴志は反射的に涙混じりの目を瞠った。

心から愛した大胆不敵な微笑みが、その口元に一瞬浮かんだような気がした。

思わず貴志は手を伸ばしていた。

リョウ＝篠原亮司に。

あとがき

こんにちは、または初めまして。秀香穂里《しゅうかおり》です。

ラヴァーズさんでの初の上下巻、ちょっとだけ内容を……と思ってもすぐにネタバレになりそうなので、今回、主役だった貴志《きし》の新聞記者という職業につきまして。もともとマスコミ、出版業界が大好きで、私自身にも雑誌記者の時代がありました。日々、夜討ち朝駆けというレベルではなかったですが、不覚にも過労で入院してしまいました。十日ほど入院し、「明日退院します」と編集部に謝罪の電話を入れたら「お疲れ！　明日のイベントの取材に朝イチで来て。二時間で取材して一時間で原稿書いて。昼には会場で号外出す約束、覚えてるよね？」と言われ、「覚えてますー」と返し、翌日現場に駆けつけ、慌ただしく原稿を書いたことも、今はいい思い出です。

美しく、鋭い色気のあるイラストを手がけてくださった、奈良千春《ならちはる》様。上下巻ということで、対になっている表紙ラフを拝見したときに、本当に嬉しくて涙が滲みました。お忙しい中、貴重なイラストを描いていただけたことに心からお礼申し上げます。

担当のT井様。今回はいつにも増してご迷惑をおかけしてしまいましたが、とても楽しく書かせていただけて、幸せでした。今後もよろしくお願い申し上げます。

最後にこの本を手に取ってくださった方へ。書きたいと思っていた世界観を、今回は徹底的に書き尽くした気がします。少しでも楽しんでいただけたら幸いです。

この先でも、またどこかで元気にお会いできますように。

Lovers Label

ディープフェイス～閉じ込められた素顔(下)～

ラヴァーズ文庫をお買い上げいただきありがとうございます。
この作品を読んでのご意見・ご感想をお聞かせください。
あて先は下記の通りです。

〒102−0072
東京都千代田区飯田橋2-7-3
(株)竹書房　ラヴァーズ文庫編集部
秀 香穂里先生係
奈良千春先生係

2011年11月1日
初版第1刷発行

●著　者
秀 香穂里 ©KAORI SHU
●イラスト
奈良千春 ©CHIHARU NARA

●発行者　牧村康正
●発行所　株式会社　竹書房
〒102−0072
東京都千代田区飯田橋2-7-3
電話　03(3264)1576(代表)
　　　03(3234)6246(編集部)
振替　00170-2-179210
●ホームページ
http://www.takeshobo.co.jp

●印刷所　株式会社テンプリント
●本文デザイン　Creative·Sano·Japan

落丁・乱丁の場合は当社にてお取りかえいたします。
定価はカバーに表示してあります。
Printed in Japan

ISBN 978-4-8124-4698-0　C 0193

ラヴァーズ文庫
Lovers Label
ダークフェイス
dark face
~閉《と》じ込《こ》められた素顔《すがお》~
上
『俺』に関わるな。
これ以上は、
あなたを守りきれない…。
「今さら後悔しても遅い。これは忠告を無視した当然の罰だ――」。
新聞記者の貴志誠一《きしせいいち》は、ある殺人事件の記事に疑問を覚える。
閑職に追いやられ、暇を持て余していた貴志は、その秘密を
一人で探ることにするが、事件において重要な鍵を握っているのは、
警察官僚の篠原亮司《しのはらりょうじ》だった。
怜悧で冷たい雰囲気をまとう篠原は、貴志にまともに取り合おうとせず
「関わるな」と忠告する。しかし貴志は、高慢な篠原に憤りを感じ、
事件の裏側を探ろうと躍起になった。
だがある夜、危険な匂いを漂わせる黒獣のような男に拉致され……。
好評発売中!!
著 秀香穂里《しゅうかおり》
画 奈良千春《ならちはる》